René Daumal

Das große Besäufnis

aus dem Französischen
von
Brigitte Weidmann

Henssel

Die Übersetzung folgt der durchgesehenen
und revidierten Neuausgabe des Jahres 1977
Originaltitel
LA GRANDE BEUVERIE
© Éditions Gallimard 1938

CIP-Kurztitelaufnahme der Deutschen Bibliothek
Daumal, René:
Das große Besäufnis / René Daumal.
Übers. von Brigitte Weidmann. – Berlin: Henssel, 1981.
Einheitssacht.: La grande beuverie <dt.>
ISBN 3-87329-106-1

Deutsche Rechte beim Karl H. Henssel Verlag, Berlin
Druck: Druckhaus Langenscheidt, Berlin
Einband: Schöneberger Buchbinderei, Berlin
Printed in Germany

VORWORT
das als Gebrauchsanweisung
dienen kann

Ich bestreite, daß ein klarer Gedanke unaussprechbar sein kann. Der Anschein spricht indessen gegen mich; denn wie es eine gewisse Intensität des Schmerzes gibt, an der der Körper nicht mehr teilhat, weil er, ließe er sich darauf ein, und sei es mit einem Seufzer, wahrscheinlich auf der Stelle zu Asche zerfiele, wie es also einen Höhepunkt gibt, wo der Schmerz sich verselbständigt, so gibt es auch eine Intensität des Denkens, an der die Wörter nicht mehr teilhaben. Die Wörter entsprechen einer gewissen Genauigkeit des Denkens wie die Tränen einem gewissen Grad von Schmerz. Das ganz Verschwommene ist unbenennbar, das ganz Genaue unaussprechlich. Doch mehr als ein Anschein ist das wirklich nicht. Wenn die Sprache nur eine durchschnittliche Intensität des Denkens genau auszudrücken vermag, dann deshalb, weil der Durchschnitt der Menschheit in diesem Intensitätsgrad denkt; diese Intensität billigt sie, diesen Genauigkeitsgrad erkennt sie an. Gelingt es uns nicht, uns klar verständlich zu ma-

5

chen, sollten wir nicht unserem Werkzeug schuld geben.

Eine klare Sprache setzt drei Bedingungen voraus: Der Sprechende muß wissen, was er sagen will, der Zuhörer sollte hellhörig sein, und beide müssen über eine gemeinsame Sprache verfügen. Aber es genügt nicht, daß eine Sprache klar ist, wie eine algebraische Aufgabe klar ist. Sie muß auch wirklichen, nicht nur möglichen Gehalt besitzen. Dazu ist als viertes Element notwendig, daß den Gesprächspartnern eine gemeinsame Erfahrung dessen eignet, worüber gesprochen wird. Diese gemeinsame Erfahrung ist die Goldreserve, die der Währung, den Wörtern also, Tauschwert verleiht; ohne eine solche Reserve gemeinsamer Erfahrungen sind alle unsere Worte ungedeckte Schecks; die Algebra ist im Grunde nichts weiter als eine gewaltige Spekulation mit intellektuellem Kredit, eine legale, weil eingestandene Falschmünzerei: Jedermann weiß, daß ihr Zweck und Sinn nicht in ihr selbst, sondern in der Arithmetik liegen. Es reicht aber nicht aus, daß die Sprache klar und gehaltvoll ist, wie wenn ich etwa sage „an jenem Tag regnete es" oder „drei und zwei sind fünf"; sie sollte auch zielgerichtet und notwendig sein.

Sonst verfällt man von Sprache in Gerede, von Gerede in Geschwätz, von Geschwätz in Verwirrung. In dieser Sprachverwirrung haben die Menschen, selbst wenn sie über gemeinsame Erfahrungen verfügen, keine Sprache, um deren Ergebnisse auszutauschen. Wird die Verwirrung schließlich unerträglich, erfindet man universale Sprachen, die klar und leer sind, deren Wörter nur Falschgeld darstellen, welches nicht mehr gedeckt ist durch das Gold wirklicher Erfahrung; Sprachen, denen wir es zu verdanken haben, daß wir uns von Kindheit an mit falschem Wissen aufplustern. Zwischen der babylonischen Sprachverwirrung und solchen sterilen Esperantos bleibt uns keine Wahl. Diese beiden Formen von Verständnislosigkeit, vor allem die letztere, möchte ich jetzt beschreiben.

ERSTER TEIL

Mühsamer Dialog über die Macht der
Wörter und die Schwäche des Denkens

1

Es war spät, als wir tranken. Wir waren alle der
Meinung, es sei höchste Zeit, anzufangen. Was vorher
gewesen war, daran erinnerte sich keiner mehr. Man
sagte sich einfach, es sei schon spät. Wissen, woher
jeder kam, an welchem Punkt des Erdballs man sich
befand, und ob es sich wirklich um einen Erdball
handelte (um einen Punkt jedenfalls nicht), sowie
welchen Tag und Monat welchen Jahres wir hatten,
all das wuchs uns über den Kopf. Solche Fragen wirft
man nicht auf, wenn man Durst hat.
Wenn man Durst hat, ist man erpicht auf Gelegenhei-
ten zum Trinken, für alles andere heuchelt man
höchstens Interesse. Deshalb ist es nachher so schwierig, genau zu erzählen, was man eigentlich erlebt hat.
Berichtet man von vergangenen Ereignissen, so ist es
sehr verlockend, Klarheit und Ordnung einzuführen,
wo beide nicht herrschten. Es ist sehr verlockend und
sehr gefährlich. Auf diese Weise wird man voreilig
zum Philosophen. Ich will daher zu erzählen versuchen, was sich abgespielt hat, was gesprochen und
gedacht wurde, wie alles gekommen ist. Sollte Ihnen
das zunächst chaotisch und nebulos vorkommen,

keine Angst: später wird es nur allzu geordnet und klar. Wenn Sie dann Ordnung und Klarheit meines Berichtes substanzlos anmuten, so seien Sie unbesorgt: Ich werde mit erbaulichen Worten schließen.

2

Wir steckten in dichtem Qualm. Der Kamin zog schlecht, das Feuer aus zu frischem Holz fauchte, die Kerzen verpesteten die Luft wie Talg, und bläuliche Tabakswolkenbänke lagerten um unsre Gesichter. Ob wir zu zehnt oder tausend waren, wer wußte das noch. Fest stand, man war allein. Was das betraf, hatte sich die tönende Stimme von der besten, in Reisig gelagerten Sorte, wie wir sie in unserer Säufersprache nannten, ein bißchen erregt. Sie kam tatsächlich hinter einem Haufen Reisig oder Kekskartons hervor, was wegen des Qualms und der Müdigkeit schwer festzustellen war; und sie sprach:

„Wenn sie allein ist, die Mikrobe (ich wollte sagen: der Mensch), ruft sie jammernd nach einer verwandten Seele, die ihr Gesellschaft leisten soll. Eilt sie herbei, diese verwandte Seele, finden beide Mikroben es unerträglich, zweisam zu sein, und jede gebärdet sich wie verrückt, um mit dem Gegenstand ihres Bauchgrimmens einszuwerden. Hat nicht viel Sinn: eins, das zwei werden will; zwei, die eins werden wollen. Eilt die verwandte Seele nicht herbei, spaltet sich die Mikrobe in zwei Teile und sagt zu sich: Guten Tag, mein Lieber! Sie umarmt sich selber, wächst verkehrt wieder zusammen und hält sich für etwas oder gar jemanden. Trotzdem habt ihr nur eins gemeinsam, nämlich die Einsamkeit; das heißt alles oder nichts, was von euch abhängt."

Wohlgesprochen, fand man, doch niemand kümmerte sich um den, der da sprach. Alles drehte sich nur ums Trinken. Wir hatten erst ein paar Tassen von einem widerlichen Fusel intus, der uns erst recht Durst gemacht hatte.

3

Irgendwann hatte die trübe Stimmung ihren Höhepunkt erreicht, und ich erinnerte mich dunkel, daß sich eine Handvoll von uns zusammentat, um die in den Zimmerecken schnarchenden Knorze zu verhauen. Eine endlose Zeit verging, dann kehrten die Knorze zurück, kleine Fässer auf ihren blauen Flekken geschultert. Als die Fäßchen geleert waren, konnte man sich endlich drauf niederlassen, oder daneben, bereit zum Weitertrinken und Zuhören, war doch von Wortgefechten die Kunde gegangen oder

13

von derlei Belustigung. All das erinnere ich nur noch verschwommen.

Da wir keine Perspektive hatten, rissen uns beliebige Wörter, Erinnerungen, fixe Ideen, Gehässigkeiten und Sympathien mit sich fort. Da wir kein Ziel hatten, verbrauchten wir unser bescheidenes Denkvermögen, indem wir Kalauer rissen, gemeinsamen Freunden Böses nachsagten, unangenehmen Tatsachen aus dem Wege gingen, Steckenpferde ritten, offene Türen einrannten, Gesichter schnitten und uns gefällig gaben.

Hitze und Tabaksqualm erzeugten einen unstillbaren Durst. Wir mußten uns fortwährend ablösen, um die Knorze zu verprügeln, die jetzt Korbflaschen, Tönnchen, Krüge und Eimer anschleppten, alle gefüllt mit besagtem Stoff.

In einer Ecke legte ein Freund, der Maler war, seinem Kumpel, einem Fotografen, den Plan dar, herrliche Äpfel zu malen, sie zu zerstampfen, zu brennen, „und du hast einen fabelhaften Calvados, mein Lieber", schloß er. Der Fotograf knurrte, „das grenze an Idealismus", was ihn nicht hinderte, wie ein Loch zu saufen. Der junge Amédée Gocourt beklagte den Mangel an Getränken, weil die Schokoladenkekse, mit denen er sich vollgeschlagen hatte, „ihm das Abflußrohr tapeziert und den Magen verstopft" hätten. Der Anarchist Marcellin stöhnte, „wenn man uns auf so

14

skandalöse Weise vor Durst krepieren lasse, sehe er wahrhaftig keinen Unterschied mehr zum Papsttum", doch kein Mensch begriff seiner Rede Sinn.

Was mich angeht, so saß ich höchst unbequem auf einem Flaschengestell, was den Eindruck erweckte, ich sei in tiefe Meditation versunken, während ich schlicht verblödet war: Mein Dachboden senkte sich tiefer und tiefer, das Visier des Geistes war heruntergeklappt, die Stimmung auf dem Nullpunkt.

4

Ich werde Ihnen die Anwesenden nicht vorstellen. Weder von ihnen und ihren Charakteren, noch von dem, was sie taten, möchte ich sprechen. Sie waren gegenwärtig wie Statisten im Traum, die – manchmal aufrichtig – zu erwachen versuchten; alles gute Kumpel, ein jeder träumte die andern. Vorerst will ich nur sagen, daß man blau war und Durst hatte. Und viele waren allein.

Gonzague der Araukaner hatte die unglückliche Idee, nach Musik zu rufen. Ein geplanter Gag übrigens, hatte doch jedermann sehen können, daß er eine neue Gitarre mitgebracht hatte. Er ließ sich also nicht lange bitten und fing an. Es war grauenhaft. Die Töne, die er dem Instrument entlockte, klangen auf so

hinterhältige Weise falsch, so impertinent gesprun-
gen, daß die Wasserkessel an der nackten Wand zu
tanzen begannen, die kupfernen Leuchter mit gräß-
lichem Gelächter über den Stuck des Kamins schlit-
terten, die Schmorpfannen bäuchlings gegen die Mauern bumsten, von denen der Putz bröckelte, daß der
Gips uns in die Augen rieselte und die Spinnen
schreiend von der Decke herab mitten ins Gesöff
purzelten, und davon bekamen wir einen Brand, und
davon bekamen wir eine Stinkwut ...

Da ließ der hinter den Reisigbündeln eine Ohrenspit-
ze, dann die andere, dann die Nase sehen, dann ein
glattes Kinn, dann einen Bart, dann eine Glatze, dann
eine wallende Mähne, denn er veränderte sich unglaublich; simple Taschenspielertricks und blitz-
schnelle Schminkkünste. Ohne diese Maskerade hätte
man ihn wahrscheinlich gar nicht beachtet; denn er
sah, so glaubte man, „nicht anders aus als andere
auch". Vielleicht hatte er in diesem Augenblick etwas
von einem Holzfäller oder einem Baum an sich, oder
er verfügte über ein Ziegenbärtchen und Elefanten-
augen, aber beschwören würde ich das nicht. Er sagte
in aller Ruhe etwas wie:

„Granit, Grus. Grus, Granit. Grau, Granat. Gramm –
(Pause) – Akonit!"

Bei der letzten Silbe (ich hatte schon genug getrunken, um das ganz natürlich zu finden) zersplitterte die

16

Gitarre in Gonzagues Händen. Eine der Saiten riß ihm die Oberlippe auf. Ein paar Blutstropfen fielen ihm auf den Handrücken. Darauf leerte er sein Glas. Dann kritzelte er in sein Notizbuch Skizzen zu einem fulminanten Gedicht, das tags darauf von zweihundertzwölf Dichterlingen in sämtlichen Sprachen nachgemacht, das heißt verpfuscht werden sollte, woraus ebensoviele avantgardistische Kunstrichtungen entstanden, siebenundzwanzig denkwürdige Schlägereien, drei Revolutionen auf einem mexikanischen Bauernhof, sieben blutige Kriege auf dem Paropamis, eine Hungersnot in Gibraltar, ein Vulkan in Gabun (was man noch nie erlebt hat), eine Diktatur in Monaco und nahezu bleibender Ruhm für die *minus habentes*.

5

Nachdem der Araukaner getrunken hatte, war es totenstill. Dann schrie eine alte Dame gellend:
„Schluß mit diesen magischen Tricks! Wir fordern Erklärungen. Wer hat die Gitarre kaputtgemacht? Und wie? Und warum?"
„Schluß mit diesen wissenschaftlichen Tricks", grölte Othello mit seinem Raufboldorgan, Schaum vor dem Mund. „Schluß mit diesen wissenschaftlichen Tricks, verstanden? Und dafür magische Erklärungen!"

„Trinken wir erst mal", sagte der Mann hinter den Reisigbündeln bedächtig. „Dann werde ich euch mit einem mehr oder weniger zusammenhängenden Vortrag über die schneidenden, stechenden, zerquetschenden, zermalmenden, zertrümmernden sowie weitere Anwendungsformen der menschlichen Sprache und vielleicht auch der Vogelsprache einschläfern, aber trinken wir erst einmal."

In diesem Augenblick wurden eine Art heiße Würstchen aufgetischt, die mit allerlei Teufelszeug gewürzt waren. Ein weiterer Anlaß zu trinken, abgesehen von unsrer Angst vorm Denken, und Dudule der Verschwörer, der im Kino gesehen hatte, wie man sowas macht, ging von einem zum andern und bot aus einem Flachmann, den er aus der Gesäßtasche zog, jenen gräßlichen, mit Zitrone aromatisierten Holzgeist an, den die Amerikaner zur Zeit der Prohibition Wodka, Cognac, Gin oder einfach *drink* nannten, je nachdem, wie sie sich aufspielen wollten.

Dummerweise hatte ich zugelassen, daß sich ein Dichter (den man Solo, den Trödler, nannte) an mich heranmachte und eine lange Rede anfing, durch die er mir, natürlich vergebens, begreiflich machen wollte, daß die Erde rund sei und Menschen auf ihr wohnten, „die Antipoden, die mit dem Kopf nach unten laufen und dabei von einer Art Holzschraube Gebrauch machen, die man auf Holländisch *boomerang* nennt".

Ich weiß nicht, wieviele Viertelstunden er mich bequasselte. Als ich einmal den Kopf hob, bemerkte ich, daß alle aufmerksam dem Vortrag Totochabos lauschten, – das ist ein Chippeway-Name*, ein unverständlicher Name also, den man dem Mann hinter den Reisigbündeln gegeben hatte. Ich wurde rot, weil ich so zerstreut gewesen war, schwitzte eine kleine Schamwolke aus und begann zuzuhören. Von seinen Worten ist mir etwa folgendes geblieben.

6

Totochabo sagte:

„ . . .Selbst dem schwachsinnigsten Virtuosen gelingt es nach ein paar Jahren Training, einen Kristallkelch auf einige Entfernung zu zerbrechen, indem er einfach den Ton hervorbringt, der genau dem labilen Gleichgewicht der glasartigen Materie entspricht. Man kann mehrere Geiger anführen, die nicht dümmer waren als andere auch und das fast mühelos schafften. Die Hausherrin ist immer sehr stolz darauf, daß sie der Kunst oder, je nachdem, der Wissenschaft das schönste Stück ihrer Glaswaren, ein Familienandenken, zum Opfer gebracht hat, mehr noch, sie ist dermaßen entzückt, daß sie vergißt, ihrem Sohn eine Stand-

* Chippeway: nordamerikanischer Indianerstamm. *Anm. d. Übers.*

19

pauke zu halten, der gerade total besoffen vom Gymnasium heimkommt, der Sohn bleibt also bei seinem Laster, fällt durchs Examen und ist gezwungen, Kaufmann zu werden, kommt zu Reichtum und Ansehen, und diese ganze Verkettung von Ursache und Wirkung geht von einem bestimmten musikalischen Klang aus, der sich durch eine Zahl ausdrücken läßt. Ich habe zu sagen vergessen, daß das Wort *Kunst** das einzige ist, das Karpfen aussprechen können. Ich fahre fort.

Indem die Physiker Chladni und Savart Metallplatten zum Vibrieren brachten, die mit feinem Sand bedeckt waren, haben sie durch Schwingungsknotenlinien, welche die Schwingungszonen voneinander trennten, geometrische Figuren hervorgebracht. Als sie statt Sand gummiertes Sonnenblumenpulver verwendeten, haben diese Gelehrten, wie man sie zu Recht nennt ...“

„Wir haben die Fnauze voll von diefen Gefichten“, platzte da Johannes Kakur heraus, ein gelahrter Wichtigtuer, dem der Rotwein schon aus den Ohren lief; er ging auf Totochabo zu und hielt ihm die Faust samt ein paar mit Zetteln und bunten Randnotizen gespickten Schmökern unter die Nase.

„Na, na, mein Kleiner“, sagte der Alte katzenfreundlich.

* frz. *art*, vgl. die Mundstellung. *Anm. d. Übers.*

Wie ein begossener Pudel ließ der gelahrte Wichtigtuer seine Bücher fallen. Ich las sie diskret auf. Die Namen der Verfasser sagten mir nicht viel: Higgins, De la Rive, Faraday, Wheatstone, Rijke, Sondhaus, Kundt, Schaffgotsch. Ein Einzelband Helmholtz, den ich beiseite legte, war auch dabei. Zuletzt fand ich ein *Reimwörterbuch* und eine *Enzyklopädie der Geheimwissenschaften*, in die ich mich vertiefte, wobei ich nicht versäumte, nach jedem Stichwort mit jenem Genuß zu trinken, den man immer dann empfindet, wenn man merkt, daß andere noch dümmer sind als man selbst.

7

„Der Ton hat also Macht über das Feuer", fuhr der Alte fort, als ich wieder zuhörte. „Und über die Luft mittels der Stimme, wie Sie es in diesem Augenblick oder auf manch andere Art wahrnehmen können. Über das Wasser, wie Sie auf Grund von Forschungen der Physiker Plateau, Savart und Maurat wissen sowie auf Grund der Studien des Pataphysikers Doktor Faustroll über Flüssigkeitsadern, insbesondere wenn sie sich senkrecht aus einer in eine dünne Wand gebohrten Öffnung ergießen. Und über die Erde, ich meine über das feste Element, das Timäus dem Lokrer zufolge aus Würfeln zusammengesetzt ist, wie ich es Ihnen anhand des Beispiels der Metallplatten dargelegt habe; ich würde dasjenige der Mauern von Jericho hinzufügen, wenn die Berufung auf eine Autorität dieser Art heutzutage, in unserem Zeitalter der Aufklärerei, nicht ein bißchen in Mißkredit geraten wäre."

„Du meine Güte", sagte ich. Ich wollte hinzufügen: „Wir sind nicht hierhergekommen, um uns Vorlesungen anzuhören, wir sind nicht hierhergekommen, um uns an Rhetorik zu besaufen . . .", doch er schnitt mir das Wort ab:

„Wer hat denn Erklärungen gefordert?"

„Ich nicht."

„Mir war so."

Othello machte sich bemerkbar:

„Genau, jetzt habe ich Sie. Sie sagen: Macht über das Feuer, die Luft, das Wasser, die Erde. Und was ist mit dem fünften Element?"

„Sie sehen", sagte Totochabo zu mir gewandt. „Ich habe es genauso satt wie Sie. Wir werden ihm rasch sein scheingelahrtes Maul stopfen."

Er fuhr lauter fort:

„Uns können Sie nicht für dumm verkaufen, wissen wir doch sehr wohl, daß sich hinter dem wahrnehmbaren Aspekt des Tones eine lautlose Wesenheit verbirgt. Aus ihr, aus diesem kritischen Punkt, wo der

22

Keim des Wahrnehmbaren noch unentschieden ist, ob er Ton oder Licht oder etwas anderes werden will, aus diesem Hintergrund der Natur, wo der Sehende den Ton sieht und der Hörende die Sonnen hört, gerade aus dieser Wesenheit erwächst dem Ton seine Macht und die Eigenschaft, ordnend zu wirken."

Und mir zuzwinkernd, flüsterte er:

„Das verschlägt ihnen die Sprache, nicht?"

„Und ob", gab ich zurück. „Aber wollen Sie, wenn Sie *scheingelahrt* sagen, auf echtes Wissen hinweisen?"

„Armer Freund", sagte er, „wie durstig Sie sind!"

Damit hatte er recht, und ich machte mich daran, mir etwas Gutes zu tun.

8

Wir soffen wie die Löcher. Plötzlich mischte sich ein dickes, überaus gebildetes Mädchen ein, das Vegetarierin war:

„Alles schön und gut", sagte sie, wobei sie mit dem Ellbogen ihren alkoholfreien Pernod umstieß (blieben das Kleienöl und hochwertige Äther), „alles schön und gut, ich zweifle nicht im geringsten an Ihren Erfahrungen, und die Namen der bedeutenden Physiker, die Sie zitieren, flößen Vertrauen ein. Doch all das wegen einer zerbrochenen Mandoline, das finde ich übertrieben. Übrigens sah es so aus, als hätten Sie diesen Schaden mit Worten und nicht mit bestimmten Klängen angerichtet. Die Klänge der menschlichen Stimme haben nicht die mathematische Genauigkeit derjenigen, die man dem Monochord entlocken kann . . ."

„Pffssch . . .", zischte Totochabo. Sein Zischen wirkte so, als ob er uns mit einer Feder die Nasenlöcher gekitzelt hätte. Ich mußte niesen. Fünfzehn Augenpaare sahen mich streng an. In der Zeit, wo ich mir sage: „Richtige Billardkugelaugen sind das, obwohl Billard neuerdings ein altmodisches Spiel ist wie Bésigue[1], das Gänsespiel, die Migräne, das Folgen-Sie-mir-junger-Mann, die Nase der Kleopatra . . .", in der Zeit, wo ich meine üblichen Wortgirlanden flechte, hatte jedermann Gelegenheit gehabt, drei Schluck zu nehmen, um sein Mißbehagen zu vertreiben. Ich aber mußte die folgenden Erklärungen mit trockener Kehle über mich ergehen lassen.

9

Sie waren recht schwierig, und ich habe, versessen aufs Trinken wie ich war, nur einzelne Teile von ihnen behalten. Zuerst war die Rede von einer Vokalton-

[1] frz. Kartenspiel. *Anm. d. Übers.*

leiter, die, ich weiß nicht so recht wie, anhand von Wörtern erklärt wurde: *Uhr, Ohr, Aar, Öhr, Ehre, Ähre, Ire,* welche Totochabo mit Kreide auf den Rauchfang geschrieben hatte, wobei er uns bat, sie laut zu lesen. Es entstand ein Heidenlärm. Die einen übten gewissenhaft, die andern rissen Witze, welche andere wiederum blöd fanden, man beschimpfte sich gegenseitig, warf mit abschließenden Urteilen um sich, und plötzlich erhob sich ein gewisser Francis Coq und machte auf zornig. Er forderte uns alle mit seiner tropfenden Adlernase heraus, klopfte auf den Tisch, verletzte sich an einem Glassplitter und versuchte mit einem Seitenblick sein alkoholisches Gesabber für ein klassisches Merkmal von Zorn auszugeben. Er machte einen recht mitgenommenen Eindruck und schrie mit einer Fistelstimme, die um einige Tonlagen höher ausfiel, als er eigentlich wollte: „Was soll denn das!" und setzte sich wieder, aber seine von innerer Scham gesträubten Worte geboten eindeutiger Stille, als es die von ihm geplante feierliche Rede vermocht hätte. Ich wollte endlich etwas sagen, da schnappte mir plötzlich das dicke, überaus gebildete Mädchen die Gelegenheit weg:

„Das ist ja alles völlig egal", hörten wir sie murren. „Wir sind nicht hier, um uns über Literatur, Akustik oder Zauberei zu verbreiten. Ihr wißt genau, wozu wir hier sind. Ein anderes Thema, gefälligst!"

„Wer hat denn das Thema gewollt?" hielt ihr der Alte entgegen. „Eben haben Sie mir noch vorgeworfen, ich hätte eine Mandoline zerbrochen. Ich verteidige mich nur. Zunächst einmal möchte ich Ihnen sagen, daß es sich nicht um eine Mandoline, sondern um eine Gitarre handelte."

„Sie wollen sich bloß aus der Affäre ziehen. Das verfängt nicht."

„Ich ziehe mich keineswegs aus der Affäre. Ich antworte nur auf Ihre Fragen. Genauso gern würde ich über Gartenbau, Heraldik oder Karl den Fünften reden, aber ich versichere Ihnen, dabei käme genau derselbe Stuß heraus. Keiner der Anwesenden ist imstande, auch nur zwei Sekunden lang wach zu bleiben. Und wer schläft, trinkt schlecht."

Das war unwiderlegbar.

„Im übrigen", sagte Marcellin, der nichts kapiert hatte, „haben Sie nicht mal von den Konsonanten gesprochen, auch nicht vom Rhythmus der Silben oder von den Bildern, geschweige denn vom Unbewußten."

„Da haben Sie's", sagte Totochabo mit einem Seufzer. Er fuhr fort:

„Was das Unbewußte angeht, so spreche ich vielleicht nicht *davon*, aber ich spreche *zu ihm*. Soll mir das Unbewußte doch antworten, wenn es das fertigbringt, ohne dabei zugrunde zu gehen."

26

Da er keine Antwort bekam, sprach er weiter:
„Gut, ich bringe meine Erklärungen also zu Ende.
Übrigens führen alle Wege zum Menschen. Hören Sie
zu oder hören Sie nicht zu, aber vergessen Sie unter
keinen Umständen, zu trinken."

10

Man hatte gerade das große Faß angestochen. Ich
hielt mich wohlweislich in Nähe des Hahns. Ich
versank in trübe Gedanken. Ich sagte mir:
„Nichts macht einen mehr besoffen. Warum macht
Trinken solchen Durst? Wie kommt man aus diesem
Teufelskreis heraus? Wie wäre es, wenn ich erwachte?
Aber was sage ich da? Ich habe die Augen ja offen, ich
sehe nichts als Schmutz, Tabaksqualm und diese
blöden Gesichter, die mir gleichen wie ein Ei dem
andern. Wovon träume ich? Ist es eine Erinnerung, ist
es eine Hoffnung, dieses Licht, diese Evidenz? Ist es
Vergangenheit, ist es Zukunft? Ich hab's doch gerade
gehabt, und nun ist es mir entfallen. Wovon spreche
ich? Woran krepiere ich . . ." und so weiter, wie wenn
man schon fleißig geschluckt hat.
Ich versuchte, wieder zuzuhören. Das war sehr schwierig. Ich verspürte im Innern eine Wut, ohne recht zu
wissen, warum. Ich merkte, daß „es nicht darum

ging", daß „es was viel Dringenderes zu tun gab", daß „der Alte uns dumm und dämlich quatschte", aber es war, wie wenn man im Traum plötzlich denkt, „das ist doch ganz unwirklich", aber man kommt nicht sofort drauf, was man tun müßte, nämlich die Augen öffnen. Nachher ist alles klar und einfach. Hier war nicht einzusehen, was man tun sollte. Inzwischen mußte man es aushalten und dem Alten weiter zuhören, der in seiner irritierenden Manie, die Wörter zu entstellen, äußerte:

„Aber der rhetorische, technische, philosophische, algebraische, logistische, journalische, romanige, artistische und ästhetorische Gebrauch der Sprache haben bewirkt, daß die Menschheit die eigentliche Anwendungsweise der gesprochenen Sprache vergessen hat."

Das wurde interessant. Leider lenkte das dicke gebildete Mädchen das Gespräch auf ein falsches Gleis, indem sie unpassenderweise einwarf:

„Sie haben nur von unbelebten Körpern gesprochen. Wie steht's mit den lebendigen?"

„Oh! Sie wissen ebenso gut wie ich, wie sensibel die auf artikulierte Sprache reagieren. Zum Beispiel: Ein Herr geht auf der Straße, ganz mit dem Kitzeln in seinem Innern (seiner Gedanken, wie er das nennt) beschäftigt. Sie schreien: ‚He!' Augenblicks macht diese ganze komplizierte Maschine mit ihrer Mechanik

28

von Muskeln und Knochen, ihrem Durchblutungs-
system, ihrer Wärmeregelung, ihren gyroskopischen
Apparaturen . . ."

„Waf macht fie?" grölte Johannes Kakur, krebsrot
vor Wut.

„Die Dinger hinter den Ohren, du Idiot." (Wir taten
so, als begriffen wir, um nicht zu unterbrechen.) –
„Diese ganze Maschinerie macht also eine halbe
Umdrehung, der Unterkiefer klappt herunter, die
Augen quellen heraus, die Beine torkeln, und das
glotzt einen an wie ein Kalb oder eine Viper oder ein
Visier oder ein Eimer oder eine Ratte, je nachdem.
Und das Kitzeln im Innern (wie nennt ihr es doch?)
setzt einen Augenblick aus, wodurch seine Richtung
vielleicht für immer verändert wird. Sie wissen, daß
das Wort ‚He' mit einer bestimmten Betonung her-
vorgebracht werden muß, damit es diese Wirkung
hat. Im allgemeinen spricht man, wie man mit dem
Gewehr losballern würde, auf gut Glück, verstehe, wer
da wolle. Es gibt eine andere Art, zu sprechen.
Nämlich wenn man vorher eine ganz bestimmte
Zielscheibe hat. In diesem Fall muß man sorgfältig
zielen. Dann aber: Feuer! Verstehe, wer da wolle.
Habe ich sorgfältig gezielt, kriegt der Richtige die
Kugel schon verpaßt. Noch besser ist es, wenn die
Worte beginnen, Bilder zu beschwören, das heißt, den
psychophysischen Müll des zweibeinigen Wanstes mit

seinen verschiedenartigen Bewegungen unter den tierischen Geistern zu modellieren, aber ich kann Ihnen nicht alles auf einmal erklären. Übrigens, s'wär halt gut, ein bißchen nachzudenken. Im vorigen Satz zum Beispiel über das Wort ‚es', das durch Elision überhaupt keinen Vokal mehr enthält."

Ich sagte mir: „Oioioioi! Mir brummt der Schädel, laßt mich in Frieden", und wandte mich wieder dem Faß zu.

11

Da ich aber meine Herde schwarzer Gedanken beim Faß zurückgelassen hatte, traf ich sie dort wieder. Sie fielen mir mit Freudenschreien um den Hals, nannten mich „Onkelchen" und bedachten mich mit allerlei zärtlichen Worten wie: „Da bist du ja endlich wieder, ach, sind wir froh, dich wiederzusehen!" Sie zogen mich an den Haaren, lagen mir in den Ohren, zogen mir die Finger lang, klauten mir die Brille, warfen mein Glas um, machten mir die Hose dreckig, streuten mir Brotkrümel in die Schuhe. Ich hatte alle Hände voll zu tun. Um sie zu besänftigen, begann ich folgendes Lied zu singen, das ich früher einmal unter ähnlichen Umständen komponiert hatte:

S'gibt so Momente, da weißte nix mehr,
Weißte nix mehr, überhaupt nix mehr.
Tags drauf aber geht dir auf:
Grade da haste alles gewußt.
 Doch du weißt nix mehr,
 Überhaupt nix mehr,
 Alles futsch!

Nach und nach schliefen sie ein, und als sie alle
eingeschlafen waren, nahm ich einen nach dem andern, band jedem einen Stein an den Hals und stopfte
sie, indem ich sie an den Hinterpfoten packte, durch
den Spund des großen Fasses. Ich zerfloß in Tränen
über das traurige, leise plumps! plumps! ihres Sturzes.
Aber für einen Augenblick hatte ich Ruhe.

12

Bald spitzte ich die Ohren, denn Totochabos Stimme
klang plötzlich tragisch.
„Jetzt muß ich Ihnen ein Geständnis machen", sagte
er. „Ich habe Ihnen als Referenzen die Namen
hochgeschätzter Gelehrter zitiert. Aber nur, um Ihnen
Vertrauen einzuflößen. Sie hätten sich sonst nicht
getraut, sich für Fragen zu interessieren, die in der
gelehrten Gesellschaft ungewöhnlich sind. Jetzt, wo
Sie angebissen haben, werde ich diese Herren mit
ihren Theorien links liegen lassen.

Ich habe ein paar andere Ideen. Zum Beispiel über die Zähflüssigkeit des Tons. Die Töne breiten sich über Oberflächen aus, gleiten über Parkettfußböden, tropfen in Dachrinnen, stapeln sich in Ecken, zersplittern an Graten, regnen auf Schleimhäute, wimmeln über Nervengeflechte, lodern auf an Haaren und zittern über der Haut wie heiße Luft über Sommerwiesen. Es kommt zu Luftschlachten von Wellen, die in sich selbst zurücklaufen, zu kreiseln beginnen und zwischen Himmel und Erde herumwirbeln wie die unzerstörbare Reue des Selbstmörders, der auf halbem Wege seines Sturzes aus dem sechsten Stock plötzlich nicht mehr sterben möchte. Es gibt Worte, die ihren Bestimmungsort nicht erreichen und umherirrende Knäuel bilden, geschwollen vor Gefahr wie manchmal der Blitz, wenn er sein Ziel nicht gefunden hat. Es gibt Worte, die frieren ein . . ."

Johannes Kakur explodierte noch einmal:

„Daf kennt man, diefe Gefichte. Flieflich hat man feinen *Pantagruel* auch gelefen, alter Tfausel!"

Der andere antwortete:

„Wenn Sie wüßten, wie gern ich schweigen würde, hätten Sie nicht solchen Durst."

Das war wieder mal einer jener Sätze, der uns eine Stunde lang völlig ratlos machte, bis wir ihn, dank Fluten griechischen und andren Weines, allmählich vergaßen.

13

Im nun folgenden Halbschlaf erblickte ich durch die
roten Spinnennetze eines Alptraums einen leeren,
sauberen, hell erleuchteten Saal, der an unseren stieß
und den ich vorher nicht bemerkt hatte. Durch eine
weit offene Tür nahm ich Totochabo wahr, der sich
wie ein Buschmannjäger als Vogel Strauß verkleidet
und sich dieses Zimmer in einem feudalen Schloß –
eine Art Waffenkammer ohne Waffen – hatte reser-
vieren lassen, um hier besonders vornehme Besucher
zu empfangen.

Er war mit drei Männern zusammen, die auf und ab
gingen und miteinander sprachen. Auf den ersten
Blick erkannte ich François Rabelais, obwohl er sich
mit einer Nonnentracht vermummt hatte, einem
weiten, wippenden Weihel, der einem düsteren Man-
tarochen ähnlich sah, nur rührte die dunkle Farbe des
gestärkten Stoffes von unzähligen Tüpfeln hebräi-
scher Schriftzeichen her. Statt des Schlüsselbundes
und des Rosenkranzes baumelte in den blauen Tuch-
falten ein ganz gewöhnliches Krautmesser. Die zweite
Person, deren ovaler, schlanker Fischleib in der
weißen Tracht eines Fechters steckte, hatte Wespen-
augen, einen martialischen Honigschnurrbart mit
grüngefärbten Spitzen und trug ein blankgezogenes
Florett – es war Alfred Jarry. Ich hörte ihn sagen,

„seine Hosensäume seien nur deshalb nicht mit Langustenscheren hochgesteckt, weil er weiße Kniehosen und Strümpfe trage". Übrigens war dies das einzige, was ich von den Äußerungen der vier Männer mitbekam. Der dritte war Léon-Paul Fargue in Admiralsuniform, die er mit vielen zusätzlichen Tressen geschmückt hatte; er trug den Zweispitz quer und statt des Degens einen Enterhaken. Zuweilen hatte er am Kinn, zuweilen in der Hand einen falschen armenischen Bart, und je nach der Situation, den Windungen und Knoten der Unterhaltung verwandelte sich sein Gesicht vom Glatten ins Bärtige und vom Behaarten ins Rasierte wie ein irrendes menschliches Gestirn, das seine erstaunlichen Phasen durchläuft.

Es ist schade, daß ich so wenig von dem verstand, was sie sagten. Sonst hatte keiner die drei Besucher bemerkt, auch nicht den Saal, in dem sie sich unterhielten. Als ich den anderen davon erzählte, lachten sie mir ins Gesicht.

Ich verlor diese Erscheinung bald aus den Augen, denn der kleine Sidonius lag mir seit einer Weile in den Ohren, um eine recht seltsame Geschichte an den Mann zu bringen.

„Ich hielt mir einen Kaffern, in Krakau, im Taubenschlag. Eines Tages . . ."

Ich unterbrach ihn und schlug vor, erst mal zu

trinken, denn ich wollte nicht Gefahr laufen, daß er sich die Zunge abbrach und ich mir ohne geistigen Gewinn das Trommelfell bearbeiten lassen mußte. Er machte eine zustimmende Gebärde, das heißt, wir beseitigten ein Fäßchen Tokayer, indem wir es abwechselnd über unsere Köpfe stemmten, wobei uns der Strahl direkt aus dem offenen Spund in den Magen schoß, eine Methode, die man „die Kehle auf Durchzug stellen" nennt. Dann begann er seinen Bericht aufs neue, wobei er sich klarer ausdrückte:

„Der Kaffer, der in Krakau Garten und Hühnerhof besorgte, schlief im Taubenschlag. Er sagte, das sei ‚sehr gesund für die Atemwege'. Eines Nachts hatte ich einen schrecklichen Traum. Ein riesiger Korkenzieher, es war die Welt, drehte sich an Ort und Stelle um seine eigne Spirale wie die Ladenzeichen amerikanischer Friseure; und ich sah mich selbst, nicht größer als eine Laus, aber ohne deren Haftvermögen, auf der Schraube 'rumschlittern und purzeln, und mein Denken drehte sich auf a-priorisch konstruierten Rolltreppen im Kreise. Plötzlich, das war unvermeidlich, kommt der große Knall. Ich fall auf die Nase, brech mir's Genick und tauche, Sterne vor den Augen, vor meinem Kaffer auf, der mich grad wecken wollte. Sagt er zu mir: ‚Hast furchtbaren Schiß gehabt, was? Nu komm und kiek.' Er schleppt mich zum Taubenschlag und läßt mich durch ein Loch in der Wand gucken.

Ich werfe einen Blick hinein. Ein schrecklicher Anblick bietet sich mir: Ein riesiger Korkenzieher, es war die Welt, drehte sich an Ort und Stelle um seine eigne Spirale wie die Ladenzeichen amerikanischer Friseure; und ich sah mich selbst, nicht größer als eine Laus, aber ohne deren Haftvermögen . . ."

Mit aus den Höhlen tretenden Augen, rot angelaufenen Schläfen und gesträubtem Schnurrbart wiederholte der kleine Sidonius denselben Bericht, der wie die berühmten, weit verbreiteten Gassenhauer endlos in sich selbst mündete. Fieberhaft stieß er abgehackte Worte aus. Mindestens zehnmal hörte ich, starr vor Schreck, den Ablauf des unerhörten Berichtes. Dann verzog ich mich, um zu trinken.

15

Es ist schwierig, in seine nächtlichen Erinnerungen einen Zusammenhang zu bringen. Man verwechselt äußere Ereignisse mit dem Gequassel in seinem Innern. Ich unterdrückte mit aller Gewalt die Vorstellung einer sonnigen Flur voller Vogelgesang, eines Spazierganges im Wald, ich wünschte das alles in den siebenten Himmel, und warum, werden Sie sagen, wünschte ich all das in den siebenten Himmel? Warum? Weil ich der ganzen Teufelsbrut ins Auge sehen wollte, mein Herr, sagte ich, und ich sagte zu ihm, zu diesem Herrn, der ja nichts dafür konnte, ich sagte zu ihm:

„Hat man endlich seine schwarzen Gedanken ersäuft, gibt's prompt blaue Gedanken, rote Gedanken, gelbe Gedanken . . ."

„Das sind gar keine Gedanken", wandte der Herr mit sanfter Stimme ein, „das sind gar keine Gedanken, das sind Tierchen."

Ich war platt. Dann wurde ich auf eine Tonne gesetzt und sollte bacchische Litaneien improvisieren. Ein riesiger Narrenchor wiederholte den Kehrreim. Ich begann:

Der Durst . . .
(Chor: *der kann der kann der könnte*)
. . . des Magens
(Chor: *der stinkt der stinkt der fault*)
Der Durst . . .
(Chor: *der kann der kann der könnte*)
. . . der Brust
(Chor: *die stinkt die stinkt die fault*)
Der Durst . . .
(Chor: *der kann der kann der könnte*)
. . . des Hirns
(Chor: *das stinkt das stinkt das fault*)

Sie sehen, gar so schwierig war's nicht. Nachher kam „Der Hunger des Mundes", dann „der Nase" und „des Auges", immer nach dem gleichen System, immer schneller, und einige tanzten, revoltierende Kaulquappen in einer Pfütze, die plötzlich keine Lust mehr haben, Frösche zu werden, dazu einen Höllenreigen. (Kröten möchten sie werden, sie behaupten, das sei lyrischer. Weder Frösche noch Kröten werden sie, Gestank werden sie sein, der kann der kann der könnte, Fraß für andere werden sie sein, der stinkt der stinkt der fault.) Ich führte diese Sarabande an, ich fühlte mich zumindest wie der Papst, da packte mich plötzlich die Befürchtung: bin ich etwa am Überschnappen? Um mich auf die Probe zu stellen, repetiere ich im Geiste die Theorie der Dampfmaschine. So weit war es schon mit mir gekommen. Plötzlich schrie ich mir zu: „Idiot!" –, und das mit gutem Grund. Da hatte ich die Bescherung. Vielleicht ließ es sich noch ein wenig in die Länge ziehen, aber von nun an trug das große Besäufnis den Keim einer tödlichen Krankheit in sich.

16

Ich war nicht der einzige, der spürte, daß es so nicht weiterging. Während Totochabo unermüdlich sprach und vor einer Hörerschaft, die kaum abgenommen hatte, auf alles eine Antwort fand, bildeten sich in den dunklen Winkeln Gruppen, die Pläne schmiedeten. Die unruhigste Gruppe scharte sich vor allem um Pater Pictorius, der zumindest der Tracht nach Mönch war und mit leiser Stimme böse Zeiten prophezeite. Gepackt hatte er schon. Alles war bereit, verschnürt, beschriftet. Er wollte nur das Allernotwendigste mitnehmen: Schreibmaschine, Tintenfaß, zehn Koffer mit seinen Lieblingsbüchern (die andern konnte er auswendig), die Hühnerställe, den tragbaren Karnickelstall, den bequemsten Sessel, das Klavier, wozu die Wegzehrung kommen sollte und, selbstverständlich, der Stoff.

Er sagte:

„Brüder, ihr nehmt zu an Zahl, ein ganzes Rudel seid ihr schon, und am Verdummen seid ihr. Bald werden die Keller geleert sein, und was soll dann aus uns werden? Elendiglich zugrunde gehen werden die einen, während die andern sich darauf verlegen werden, ganz gemeine chemische Mixturen zu schlukken. Wir werden noch erleben, wie Menschen sich um eines Tröpfchens Jodtinktur willen abkehlen. Wir werden noch erleben, wie Frauen für eine Flasche Fleckwasser auf den Strich gehen. Wir werden erleben, wie Mütter ihre Kinder verkoken und schaurige Liköre aus ihnen brauen. Sieben Jahre wird das

39

währen. Die nächsten sieben Jahre trinkt man Blut. Zuerst Leichenblut, ein Jahr lang. Dann das Blut von Kranken, zwei Jahre lang. Dann wird jeder sein eignes Blut trinken, vier Jahre lang. Die nächsten sieben Jahre trinkt man nichts als Tränen, und Kinder werden, um ihren Brand zu löschen, Maschinen erfinden, um Tränen aus ihren Eltern zu pressen. Dann gibt's nichts mehr zu trinken, und jeder wird zu seinem Gott schreien: ,Gib mir meine Weinberge zurück!', und der Gott wird antworten: ,Gib du mir meine Sonne zurück!', aber weder Sonnen noch Weinberge werden mehr sein und auch keine Möglichkeiten mehr, sich zu verständigen.

Noch gibt es Sonnen und Weinberge. Doch wenn man keinen Durst hat, baut keiner mehr Wein an. Kein Wein mehr, die Weinberge verwildern. Keine Weinberge, da wandern die Sonnen ab: Sie haben Besseres zu tun, als trinkerlosen Landstrichen Wärme zu spenden, sie werden sich sagen: jetzt leben wir auf eigene Faust. Ist das euer Wille?"

„Nein!" grollten die Zuhörer.

„Habt ihr Durst?"

„Ja!" bekannten die Zuhörer.

„Nun denn, marsch in die Weinberge! Ihr müßt aber aufbrechen wie ich, müßt auf alle irdischen Güter verzichten und nur das Allernotwendigste mitnehmen. Wer Durst hat, folge mir nach!"

Es entstand ein furchtbares Durcheinander, und jeder war damit befaßt, das Allernotwendigste einzupacken.

Zuerst brachen diejenigen auf – welchen Weg sie einschlugen, sollte ich erst etwas später begreifen –, die nur ihre Zahnbürste mitnahmen. Dann die, die auch ihre Uhr mitnahmen. Dann die, die ein Köfferchen hatten. Was die andern angeht, konnte ich erst viel später feststellen, daß sie verschwunden waren, warum, das will ich gleich erzählen.

Der Pater Pictorius allerdings, der blieb bei uns, um seine prophetische Mission zu erfüllen.

17

Er war nicht der einzige, der Rummel machte. In einer andern Ecke war Amédée Gocourt auf einen Bock geklettert und ließ sich in seinem gewohnten Stil aus:

„Bürger, verzeiht. Doch die Stunde ist dramatisch wie die menschlichen Gezeiten. Es ist die Stunde, wo der durch die neuesten Ergebnisse der Psychoanalyse geschärfte Blick des Dichters sich auf die Urgründe seines Unglücks richtet. Was angelt er aus seiner trüben Seele, aus dem Blutschlamm einer Menge, die der rasende Strudel der Geschichte vereint, einer

Menge, die die Stadt nicht ausgespieen hat? Den Nachtfisch der Katastrophe, Zeichen einer besonderen Abhängigkeit von der gegenwärtigen Konjunktion unseres Schicksals, einer Konjunktion, die wie das Feuer glüht, in dem jene Ketten geschmiedet wurden, die der sintflutartige Ausbruch der großen Traumrevolution in Kürze zerbrechen wird. Tut mir leid, Genossen, entschuldigt, denn – nein, findet ihr es nicht unerträglich?"

Die Gruppe begann zu raunen, es bildeten sich Abspaltungen; die einen verharrten murmelnd auf demselben Fleck, die andern umschwärmten neue Propheten. Einige schlossen sich mit einer brennenden, gedrehten Kerze, Bierflaschen und viel Papier in einen Wandschrank ein und machten sich an eine umfangreiche Abhandlung in zehn Bänden über *Die Irrtümer, die man noch begehen kann bei der Interpretation dessen, was nicht die materialistische Dialektik ist.* Von Zeit zu Zeit schlüpfte einer aus dem Wandschrank und trug mit herber Stimme das letzte ausgearbeitete Kapitel vor. Dann verschwand er wieder, und alle begannen aufs neue zu schreiben; dabei gerieten sie sich, wie man durchs Schlüsselloch beobachten konnte, nicht selten in die Haare. Aber als ich das fünfte oder sechste Mal durchs Schlüsselloch spähte, was mußte ich da erleben? Kein Bein mehr, leer war der Schrank.

Von da an wurden mir die zahlreichen, rätselhaften Absencen unheimlich.

18

Als ich mir einen Weg bahnte zu der Stelle, wo es am meisten zu trinken gab, wurde ich von Unzufriedenen vorwärtsgestoßen, die ihre Kaserne, Kirche, Höhle, ihren Wandschrank oder ihren sonnigen Weinberg noch nicht gefunden hatten. Ich mischte mich eine Weile unter sie. Georges Arrachement rannte von einem zum andern; er sah hundemüde aus, doch um seine Mund- und Augenwinkel zuckte ein maliziöses Lächeln. Er vertrat lebhaft, „es sei immer das alte Lied, immer werde man, hier wie sonstwo, ein Opfer der Masse, und Gott habe der Menschheit gegenüber eine schwere Schuld abzutragen".

Bald fand sich auch Solo, der Trödler, ein; er packte mich beim Arm und meinte:

„Ganz recht, daß du diese Schwätzer links liegen läßt. Eins haben die nämlich nicht erfaßt. Daß sich die Tür, selbst wenn man sie findet, ohne Schlüssel nicht öffnen läßt. Hat man aber einen Schlüssel, schließt der nur ein einziges Schloß auf, und man rennt sich an der nächsten Tür den Schädel ein. Sie haben das Sesam-öffne-dich vergessen, den Zauberschlüssel, der alle

Türen aufschließt. Wir hingegen, wir wissen nur zu gut, was man aufwenden muß, um sich das Sesam-öffne-dich zu verschaffen, nicht?"

„Ja, uns ist klar, was man aufwenden muß; bezahlt haben wir's im übrigen noch nicht", antwortete ich mechanisch, während ich dachte: „Er hat recht, aber auch unrecht. Wie ist das bloß möglich?" Dann schimpfte ich mich zum zweitenmal „Idiot" und kommentierte: „Man muß sich aufs Hier-und-Jetzt konzentrieren."

„Halt vor allem die Klappe!" schrie mich Totochabo an, den ich in meinem Rausch angerempelt hatte.

Mir war zwar so, als hätte ich kein Sterbenswörtchen gesagt. Aber das saß derart, daß ich mich kaum mehr aufrechthalten konnte. Meine Hände wollten sich verkriechen, zogen mir die Arme lang, diese wiederum die Schultern, die dehnten die Halsmuskulatur, bis der Unterkiefer herunterklappte: ich war am Ende. Plötzlich spürte ich, daß meine Füße seitlich kippten, daß sie die Zehen nach innen krümmten wie bei den Gibbons. Ich war aus meinem Körper gerutscht, lag platt im Dreck und beäugte von unten her meine Jammergestalt, die jeden Halt verloren hatte. Der Alte amüsierte sich. Ich hätte ihn ohrfeigen mögen. Aber diese Ohrfeigen hätte ich mir selbst verpaßt.

19

Er ließ mich einen Augenblick so liegen. Schließlich kramte er aus einem Winkel eine Decke hervor, breitete sie auf dem Boden aus und sagte zu mir: „Du hast zuviel getrunken. Leg dich da drauf, ruh dein Gerippe aus und denk mal nach."
Tiefer Frieden überkam mich. Nun konnte ich nach Belieben nachdenken. Oder einschlafen.
Ich wachte auf, sehr indigniert, erstens weil Marcellin behauptete, „kein Mensch könne träumen, weil ich so schnarche", und weil ich mich undeutlich daran erinnerte, wieder einmal eine Gelegenheit zum Nachdenken verpaßt zu haben. Darüber tröstete ich mich aber rasch hinweg, indem ich mir vornahm, mich das nächste Mal mit einer Stecknadel in den Oberschenkel zu pieken oder so etwas, damit ich's nicht wieder vergäße.
Indigniert war ich vor allem, weil ich nie schnarche, es sei denn, ich bin hundemüde (vielleicht kam's auch vom Trinken), und ausgerechnet jetzt, wo ich ausnahmsweise schnarchte, mußte Marcellin alle darauf hinweisen. Und dann warf er mir auch noch vor, ich sei schuld daran, daß kein Mensch träumen könne. *Träumen*, sagte er, nicht *schlafen*. Immer diese verdammte Halbschlafpoesie.
„Er könnte ja recht haben!" sagte Totochabo.

Marcellin und ich sahen ihn an. Er fuhr fort:

„Ja, wenn ihr doch nur einen Augenblick lang das Träumen lassen könntet, wäre man vielleicht in der Lage, sich zu unterhalten. Aber worüber?"

Er zuckte die Schultern und machte Miene, aufzubrechen. Marcellin hielt ihn am Rockschoß fest und fragte:

„Hören Sie mal. Ich weiß recht gut, daß ich nicht denken kann. Ich bin Dichter. Aber ich kann nicht denken. Man hat es mir nie beigebracht. Ich werde deshalb immer gehänselt. Wenn ich meinen Freunden bei ihren philosophischen Diskussionen zuhöre, möchte ich mich auch gern beteiligen, aber ich komme nicht mit. Sie empfehlen mir, Platon zu lesen, die Upanischaden, Kierkegaard, Spinoza, Hegel, Benjamin Fondane, das Tao, Karl Marx, sogar die Bibel. Ich habe wirklich versucht, das alles zu lesen, bis auf die Bibel, denn da haben sie sich wohl über mich lustig gemacht. Mir ist beim Lesen alles sonnenklar, aber nachher entfällt es mir, oder ich kann mich nicht dazu äußern, oder ich stoße auf Widersprüche, zwischen denen ich hin und her gerissen bin, kurz und gut, das funktioniert nicht."

„Mein lieber Marcellin", sagte ich, „erstens mußt du . . ."

„Halt die Klappe, verstanden!" schrie der Alte noch einmal, und das überlegene Lächeln, das mir über die

Lippen huschte, sackte mir in die Magengrube. „Weiter!", sagte er zu Marcellin, der schloß:

„Also, ich möchte, daß Sie mir ein für allemal sagen, ob ich ein Schwachkopf bin und, falls das nicht zutrifft, wie ich es anstellen soll, zu denken."

„Denken? Woran?" sagte Totochabo verdrossen, und weg war er.

Diesmal waren wir zu perplex, um ihn zurückzuhalten. Vor allem aber hatten wir Durst, und siehe da, wir fanden eine kleine Korbflasche, was uns sehr gelegen kam. Während wir tranken, im Liegen wie die Römer, rezitierten wir uns langatmige Gedichte. Bevor mir die Augen zufielen, flackerte mein Bewußtsein nochmals undeutlich auf, wie man manchmal zurückzuckt, wie man sich zuweilen auf die Spitzen seiner Sorgen erhebt, um besser in den Schlaf zu tauchen, und ich sagte zu Marcellin, ich sei ein viel größerer Idiot, als er annehme, aber entschieden kein so großer, wie ich behauptete, und damit hatte es seine Richtigkeit.

ZWEITER TEIL

Die künstlichen Paradiese

1

Nachdem ich zum drittenmal dieses Urteil über mich gefällt hatte, war ich wirklich fertig. Ich schlief ein bißchen, dann merkte ich, daß ich mich ganz allein inmitten einer immer nervöseren Menschenmenge befand. Von meinem Durst abgesehen, war mir alles ziemlich egal. Ich schüttete einen miserablen Rum in mich hinein, hatte noch keine Ahnung von der Reise, die ich einen Augenblick später antreten sollte, und versuchte mir in Erinnerung zu rufen, daß ich hierher gekommen war, um eine Rede über die was, über die was denn nur anzuhören, über die Macht der, wie drückte der sich aus, das Wort lag mir auf der Zunge, auf alle Fälle horche ich in mich hinein, vergesse deshalb, die Augen offen zu halten und – hol's der Teufel – mir blieb nicht einmal die Zeit, den Faden wiederaufzunehmen, plumpsen mir doch neunzig Kilos in die Magengrube, werfen mich über den Haufen, entschuldigen sich bei mir, entschuldigen sich bei den Pflastersteinen, bei meiner Flasche, bitten einen Hokker um Verzeihung, richten sich mit der Gewandtheit eines Stehaufmännchens mit bleiernem Arsch wieder auf, Amédée Gocourt war's, und sagte zu mir:

„Entschuldige, mein Guter, ich suche den Ausgang."
Genau das durfte nicht kommen. Drei Knorze schossen aus dem Dunkel und packen Gocourt beim Schlafittchen:

„Den was? Was suchst du?"

„Herrje doch, den Ausgang."

„Diese Örtlichkeit, mein Herr, hat nur drei Ausgänge", sagte einer der Knorze. „Wahnsinn und Tod."
Ich zähle an den Fingern ab, halte mich für superschlau und erkundige mich:

„Und welches ist der dritte?"

Da fallen die über mich her, halten mir mit ihren dicken Pfoten den Mund zu, nehmen mich wie eine Tragbahre aus Fleisch beim Wickel, schleppen mich ein mieses, steiles Treppchen hoch, eine Lage, in der Hintern und Kopf abwechselnd gegen die Stufen bumsen, taumelnd kommen wir oben an, auf einem Hängeboden mit niedriger Tür und dem Schild:

KRANKENTRAKT

„Werfen Sie einen Blick da hinein", sagte der Größte.
Ich gehe hinein, und während mich die Knorze durch das Schlüsselloch und einige andere Öffnungen,

die eigens zu diesem Zweck in die Tür gebohrt waren, beobachteten, war das doch eine der seltenen Zerstreuungen, die man ihnen gönnte, während die Zwischenwände von ihrem unterdrückten Gelächter bebten, geh ich zwischen zwei Reihen eiserner Betten hindurch, wo die Kranken, Verwundeten, Geistesgestörten und Ausgenüchterten lagen, kurzum alle, die darauf beharrt hatten, einen Ausgang zu finden.

2

Ein großer schmuddliger Krankenpfleger tauchte auf, lächelte mich mit seinen Zahnlücken an und erklärte: „Das ist die Abteilung der Verunglückten. Wie ihr Name besagt, hatten sie ganz zufällige Anlässe, einen Ausgang zu suchen oder zu vermuten, man käme hier heraus. Die Ergebnisse sehen Sie ja."
Tatsächlich hatte einer den Kopf verbunden, ein anderer den Arm bandagiert, einem dritten hatten sie das Bein geschient, hier trug einer eine schwarze Augenklappe, ein anderer hatte einen Eisbeutel auf dem Magen, und während die einen schliefen, wurden andere von ihren Alpträumen geschüttelt, lagen phantasierend in ihrem Schweiß, stöhnten oder schwiegen verbiestert.
„Und was tut man für sie?" erkundigte ich mich.

„Wir pflegen sie, so gut wir halt können, und wenn sie soweit sind, werden sie wieder hinuntergeschickt."

„Aber trinken sie denn?" bohrte ich weiter.

„Selbstverständlich geben wir uns in dieser Hinsicht alle erdenkliche Mühe, ja darin besteht eigentlich die Behandlung ihres Allgemeinzustandes. Man beginnt mit zehn Tropfen Apfelmost zum Frühstück und steigert allmählich die Dosis. Wenn sie ihr halbes Dutzend Apéritifs pro Tag schaffen, werden sie hinuntergeschickt, damit sie wieder ein normales Leben führen können. Aber man überwacht sie weiter, aus Furcht vor einem Rückfall. Übrigens (hier musterte er mich mißtrauisch), haben Sie denn keinen Durst?"

„Ich bin am Verschmachten", antwortete ich.

Beruhigt überreichte er mir ein Fläschchen Wundwasser, das ich ihm leer zurückgab.

„Sie haben offenbar Mumm", ließ er fallen. „Ich werde Ihnen deshalb eine ganz seltene Gunst erweisen und Ihnen die andere Abteilung des Krankentraktes zeigen, die der Flüchtigen. Das sind die Unheilbaren. Sie bilden sich ein, sie hätten es geschafft und seien draußen. Wir können sie nur so strikt wie möglich von den anderen Kranken fernhalten, denn ihre Krankheit ist zuweilen überaus ansteckend. Einer von ihnen, ein bedeutender Bakteriologe, beeinträchtigt doch diese Krankheit die intellektuellen Fähigkeiten nicht unbedingt, hat sich sogar in den Kopf gesetzt, es handle sich um eine durch Mikroben übertragbare Krankheit, und vielleicht hat er gar nicht so unrecht. Er verbringt seine Zeit mit der Herstellung eines Serums, und da die Spritzen und Impfungen, die er den Kranken verpaßt, ziemlich harmlos sind und sie sogar vor Neurasthenie bewahren, lassen wir ihn gewähren. Leider hält er sich selbst für kerngesund und normal. Sonst wäre Professor Mumu, so heißt er nämlich, ein überragendes medizinisches Genie. Übrigens werden Sie ihn bei der Arbeit sehen."

„Aber was trinken denn diese Unglücksraben?" fragte ich.

„Lindenblütentee, Gott sei's geklagt, oder unvergorenen Traubensaft. Sie weisen das kleinste Tröpfchen Alkohol kategorisch zurück. Fällt ihr Blick auf ein Seidel Bier, dreht es ihnen den Magen um. Habe ich Ihnen nicht gesagt, die seien unheilbar? Aber sehen Sie selbst."

3

Er zog einen Vorhang zurück, hinter dem eine Tür mit komplizierten Schlössern sichtbar wurde, dann holte er einen Schlüsselbund aus der Tasche sowie eine Feldflasche, die er mir hinhielt.

„Begießen Sie sich die Nase, während ich aufschließe", ermahnte er mich und rasselte in den Schlössern herum, „denn wir müssen es jetzt ein, zwei Stunden ohne Stoff aushalten".

Lautlos sprang die Tür auf: Wir waren im Paradies. Welch ein Licht! Was für Kronleuchter! Vergoldete Zierleisten! Tapeten, die nach echten Gobelins aussahen. Ruhelager, tief wie Kippkarren, von Kunstseide überflutet. Aus illuminierten Springbrunnen mit versilberten Trinkbechern, leichter und soviel bequemer als massives Silber, sprudelte Eisenkraut-, Kamillen- und Pfefferminztee sowie Orangen- und Zitronensaft! Und all das einfach so, man brauchte sich nur zu bedienen. Bibliotheken mit elektrischen Katalogen und automatischer Buchausgabe. Pulte aus Furnierholz mit Grammophon, Telephon, Telegraph und Tonfilm nach Wahl. Patschuliwolken. Tautropfen aus unverdunstbarem Glyzerin auf einem paraffinüberzogenen, nie verdorrenden Papierrasen. Von Wasserstoff geschwellte Gummiengel, die zwischen Katarakten oxhydrischen Lichtes schwebten, schwenkten in ihren zarten Händen Äolsharfen, aus denen Wiener Walzer und forsche Soldatenlieder brausten, von jedem und für jeden Geschmack etwas.

4

Mein Führer wartete einen Augenblick und weidete sich an meiner Verblüffung, dann tippte er mir auf die Schulter und erklärte:

„Stellen Sie sich vor, das haben sie alles selber so eingerichtet. Sie sind sehr erfinderisch und unternehmungslustig, und die Verwaltung bemüht sich, ihnen alles erdenkliche Material zur Verfügung zu stellen. Ich werde Sie durch die verschiedenen Abteilungen führen, und Sie können sich, wenn Sie wollen, mit den Kranken unterhalten. Doch lassen Sie ihnen gegenüber weder etwas übers Trinken, noch über die niederen Welten, wo wir herkommen, noch über ihre Krankheit verlauten; sie könnten Ihnen sonst übel mitspielen. Gehen wir zuerst ins Stadion."

So nannte man ein großes, mit Sand bestreutes Rechteck, auf dem eine monumentale Statue der Menschenmaschine stand; sie war aus Metall und beweglich, und verehrende Hände hatten ihr Blumensträuße aus Flittergold und Zellophan dargebracht. Besagte verehrende Hände stützten sich zur Zeit flach auf den Boden und dienten menschlichen Körpern, die mit dem Kopf nach unten herumrannten, als Füße; eine riesige Menschenmenge hatte auf Sitzreihen Platz genommen und sah ihnen zu. Wer als Erster eine gewisse Strecke hinter sich gebracht hatte, bekam einen Zitronensaft und einen Salat, an dem er sich gütlich tat, wobei er sich einbildete, er sei etwas Besonderes. Andere stürzten sich zum Spaß kopfüber von einer Leiter, und wer es schaffte, von möglichst weit oben herunterzuspringen und sich in zehn Sekunden wieder aufzurichten, dem wurde unter großem Applaus der Titel eines Champions verliehen. Wieder andere widmeten sich irgendwelchen andern Spielen, wobei es immer darum ging, besser zu schießen, zu stoßen, zu laufen, zu springen, zu dreschen oder Dresche einzustecken als seine Mitmenschen. Manche machten von allerhand Folterinstrumenten oder Kraftmaschinen Gebrauch, welche zuweilen explodierten. Die Toten stopfte man aus und sammelte sie in Museen, die ich nach Meinung des Krankenpflegers lieber nicht besuchen sollte.

„Sie bekämen einen entsetzlichen Durst", sagte er zu mir. „Halten wir uns doch nicht weiter hier auf. Ganz in der Nähe gibt's noch eine Kolonie, in der Landwirte Kartoffeln anbauen, um sich zu ernähren, damit sie dann über die nötige Kraft zum Anbau von Kartoffeln verfügen. Andere haben sich auf den Bau von Häusern verlegt, dann mußten sie künstliche Menschen erfinden, die darin wohnen sollten, daraufhin Spinnereien, um diese Automaten einzukleiden, dann andere Automaten, welche die Spinnereien in Gang halten, schließlich Häuser, um diese Automaten unterzubringen, und überhaupt ist jedermann so fieberhaft tätig, hat eine solche Arbeitswut, daß Sie selbst mit dem Faulsten nur mit Müh und Not ein paar Worte wechseln könnten."

„Und zu trinken haben sie dabei nichts?" fragte ich.

„Nur Fruchtsäfte, vor allem aber ganze Fässer voll Kraftstoff; ohne es zu ahnen, sind sie davon alle stockbesoffen. Doch weiter, sonst verdursten wir noch."

5

Während ich eine Anhöhe erklomm, die von Zelluloidblumen übersät war, fragte ich mich verwundert, wie ein ganzes Universum auf diesem Hängeboden Platz fand. Der Krankenpfleger erklärte mir:

„Hier wie überall, doch hier fällt es Ihnen besonders auf, wird Raum je nach Bedürfnis erzeugt. Möchten Sie einen Spaziergang machen? Sie projizieren den Raum, den Sie brauchen, und legen den entsprechenden Weg zurück. Mit der Zeit ist es genauso. Wie die Spinne den Faden absondert, an dem sie sich herunterläßt, so sondern Sie die für Ihr Vorhaben erforderliche Zeit ab und folgen diesem Faden, der nur *hinter* Ihnen sichtbar, doch nur *vor* Ihnen zu gebrauchen ist. Hauptsache, man vertut sich nicht. Ist der Faden zu lang, verheddert er sich, ist er aber zu kurz, so reißt er. Wenn ich nicht befürchten müßte, daß das viele Reden mich durstig macht, würde ich Ihnen erklären, warum es für die Spinne so gefährlich ist, hinter sich einen Faden zu haben, der sich verheddert."

„Sicher weil ihr, wenn sie ihren Faden auf dem Rückweg wieder einspult, die Knoten den Schlund verstopfen . . ."

„Und man hat nicht einmal die Möglichkeit, sie mit einem Schluck hinunterzuspülen. Haargenau."

6

Wir gingen schweigend weiter, und als wir oben angekommen waren, breitete sich vor unseren Augen ein Gewirr von Palästen jedweden Stiles, von Bahnhöfen, Leuchttürmen, Tempeln, Fabriken und verschiedenen Denkmälern aus.

„Was Sie hier sehen", belehrte mich mein unermüdlicher Führer, „ist das anti-himmlische Jerusalem, Hauptwohnsitz der bessergestellten Flüchtigen. Sowie sich Ihr Blick in diesem Chaos von Gebäuden etwas zurechtfindet, wird Ihnen auffallen, daß die Stadt aus drei konzentrischen Ringen besteht. Zuerst nimmt man jene äußere Zone wahr, in der es von

Flughäfen, Seehäfen (oh, all diese schwankenden Rebenpfähle dort unten!), von Bahnhöfen, Hotels und Stiefelputzern nur so wimmelt; da wohnen die Geschäftigen, die erste Kategorie der bessergestellten Flüchtigen. Im mittleren Bereich mit den vielen Kirchen, Wolkenkratzern, Statuen und Obelisken hausen die Verfertiger unnützer Dinge. In der Innenstadt – sehen Sie diese prächtigen Glaskonstruktionen, diese friedlichen Kanonenrohre der Teleskope sowie, zur Linken, die große Wetterfahne? – residieren die Erklärer. Können Sie die Kathedrale erkennen, genau im Zentrum?"

„Ja, wer ist denn da zu Hause?"

„Die Götter sozusagen, die Hautevolee der bessergestellten Flüchtigen. Wir werden bei ihnen Halt machen; da werden Sie sich bestimmt nicht langweilen, glauben Sie mir."

„Aber gibt es da etwas zu..."

Er funkelte mich so drohend an, daß ich verstummte.

„Stets dran denken", ermahnte er mich, „nie davon reden. Besuchen wir also die Geschäftigen."

(Was die Götter angeht, hatte er sich, wie Sie später sehen werden, elendiglich über mich lustig gemacht.)

7

Ein paar Minuten, und wir befanden uns am Eingang des größten Flughafens der Stadt. Das *Grand Hôtel Zur Abfahrt* hatte gerade einen Böllerschuß abfeuern lassen, um kundzutun, daß der Fürst der Geschäftigen an diesem Tag sein Gast sei. Der vertraulichen Mitteilung eines Hotelboys zufolge hatte er die Absicht, fünf Minuten zu verweilen. Das sei eine einmalige Chance, ließ mich der Krankenpfleger wissen, schubste mich ohne Erklärung in den Aufzug, sprengte mit einer Ladung Dynamit ein Schloß – wir sind im Zimmer des Fürsten. Er liegt in der Hut dreier mit Revolvern dräuender Leibwächter in seiner (von ihm selbst kreierten) Reisebadewanne, an jedem Ohr einen Telefonhörer, vier Diktaphone vor dem Mund. „Ich werde ihn interviewen", sagte mir mein Begleiter, „Sie hätten doch nicht den richtigen Zugriff".

Er näherte sich dem Fürsten, und es rollt folgender Dialog ab:

„Woher?" – „Cap." – „Wohin?" – „Chaco." – „Via?" – „Klondyke. In Eile." – „Was?" – „Maschinengewehre, Opium, pornographische und religiöse Werke." – „Wieviel?" – „Millionen von Piastern. Hunderttausend Opfer. Ministerkrise. Fünf Scheidungen." – „Sind Sie glücklich?" – „Keine Zeit dazu."

Ein Lautsprecher brüllte: „Das Großraumflugzeug

Ihrer Hoheit ist startbereit." Alle drei Leibwächter feuerten dreimal in die Luft, und die vierte Salve zischte so nah an uns vorbei, daß wir uns aus dem Staub machten.

„Nicht gerade interessant, Ihre Hoheit", bemerkte ich.

„Weil Sie keine Augen im Kopf haben. Kommen Sie, ich will Ihnen verschiedene Spezies von Geschäftigen vorführen, die man besser studieren kann. Und die gefährlicher sind."

8

„Die Zwischentypen lassen wir aus", fuhr er fort und bat mich in ein großes Rokokohaus, „gehen wir unmittelbar zum anderen Extrem über. Betreten Sie diesen Spielsalon, sehen Sie sich um. Es besteht nicht die geringste Gefahr, denn man wird uns entweder nicht bemerken oder für Laufburschen halten."

An die hundert Männer aller möglichen Rassen machten an einem Roulett-Tisch enorm hohe Einsätze; jeder hatte sich das Wimpelchen seiner Nation in den Schädel gerammt. Der Croupier war eine Art Janus mit Globuskopf. Wo sonst die Gesichter sind, lagen die beiden Erdhemisphären, nur nahmen sie sich etwas anders aus als auf unseren Schulkarten:

Auf der einen waren alle Hauptstädte, auf der andern die Kolonien eingezeichnet.

Man spielte Wer-verliert-gewinnt. Ich hatte den Eindruck, hier werde falsch gespielt, aber ein Experte hat mir später dargetan, davon könne keine Rede sein; es gebe lediglich kein Limit hinsichtlich des Einsatzes, die Kapitalien seien im übrigen negativ und somit unerschöpflich, sprunghafte Erhöhungen des Einsatzes deshalb zulässig. Sehen Sie selbst zu, was Sie mit dieser Erklärung anfangen können. Jedenfalls legten die Spieler haufenweise Bleisoldaten, Miniaturtanks und Zierkanonen auf den Filz sowie Bibeln, aus denen die anstößigen Stellen entfernt worden waren, Setzmaschinen, Modelle moderner Schulen, Grammophone, Nährböden zur Reinkultur aller Bazillen, von denen sie befallen waren, auch Missionare aus Pappe, Kokain in ganzen Packen und sogar Proben eines Alkohols, der so gepanscht, so furchtbar gepanscht war, daß selbst mein Führer und ich nicht davon gekostet hätten. Wenn ich übrigens von Alkoholika, Tanks oder Missionaren rede, ist das so zu verstehen, wie wenn wir zur Bezeichnung verschiedener Mengen derselben Währung umgangssprachliche Worte wie Sechser, Groschen, Heiermann, Lappen oder Mille gebrauchen; denn diese Alkoholika, Tanks und Missionare sowie der ganze übrige Krempel bedeuten einfach gewisse Einheiten jener

Währung, die bei diesen Spielern mit den hohen Einsätzen gültig war. Und wie wir unser Geld Mark nennen, obwohl es aus Papier ist, so bezeichneten sie ihre Währung als Zivilisation.

Jedesmal, wenn ein Spieler seinen Einsatz verloren hatte, heimste der doppelgesichtige Croupier die Wohltaten der Zivilisation ein; sein Hauptstadtgesicht verzog sich zu einem greulichen, schallenden Lachen, das sämtliche Zellen der Epidermis erschütterte, während sich das Kolonialgesicht in einer Aufwallung von Blut, Scham und Feuersbrünsten rötete.

Hatte ein Spieler tüchtig verloren, somit also gewonnen, zeichnete ihn der Croupier mit einem mehr oder weniger glänzenden Orden aus. Manche verschwanden geradezu unter ihren von Ordenssternen funkelnden Mänteln.

9

Ich konnte dieses widerliche Schauspiel nicht länger ertragen und weigerte mich, die anderen Spielsalons zu besichtigen. Der Krankenpfleger war ganz meiner Meinung:

„Sie sind alle aus demselben Holz geschnitzt. Manche spielen Schach, manche Boccia, manche As-Poker oder Bilboquet, doch Geschäftige sind und bleiben sie. Sie bilden sich ein, sie hätten es geschafft, aus dieser Bude herauszukommen. Sie bilden sich das in einem Maße ein, daß sie tatsächlich überall stecken außer in ihrer eigenen Haut. Ab und zu kommt einer zufällig an seiner Haut vorbei, verheddert sich in ihr und erkennt sie wieder; die jagen sich meist eine Kugel durch den Kopf. Man sieht nicht, daß sie sich bewegen. Während ihr Gerippe an irgendeinem Billardtisch hockt, treiben sie sich, je nach ihrer Bedeutung, in der ganzen Welt, in ihrem Land, ihrer Fabrik oder in ihrem Haus herum, aber überall, wo sie die Hände im Spiel haben, wimmelt es von Katastrophen. Sie nennen das *regieren*. Alle sind fabelhafte Organisatoren. Sie kommen zu Vermögen und Ruhm. Es ist ihnen nicht zu helfen. Doch da ist unser Autobus, rasch hinein mit uns."

Es war ein ganz gewöhnlicher Autobus, und weil nichts mich hinreichend ablenkte, wurde mir die Trockenheit von Kehle und Mund wieder schmerzlich bewußt. Mein Gefährte verstand meinen Blick und sagte:

„Besser, man spricht überhaupt nicht davon. Tut man es trotzdem, müssen verfängliche Wörter unbedingt ausgelassen werden. Verstehen wird man sich ohnehin."

„Zweifellos", antwortete ich. „Ich leide an einem

Unlöschbaren. Ich gäbe viel für ein Randvolles oder einen Schluck Kühlen. Gibt es denn keine Möglichkeit zu, und wenn's nur eine Träne wäre?"

„Wir müssen noch die Verfertiger und die Erklärer besuchen, bevor wir zu den Göttern kommen. Wenn Sie sich ordentlich halten, können Sie dort die Erlaubnis erwirken, durch eine Falltür die Dünste der irdischen Niederungen einzuatmen. Mehr kann ich Ihnen nicht versprechen. Aber glauben Sie mir, die Rückreise wird nicht lange dauern: Nur so lange, wie Sie brauchen, es sich vorzustellen. Ah! Da sind wir ja."

10

Der Kürze halber und mit Rücksicht auf die gefährliche Reizbarkeit der Verfertiger unnützer Dinge wollen wir diese einfach als Verfertiger bezeichnen. Sie nennen die Dinge nie beim Namen. Manche wohnen in Glashäusern, die sie Elfenbeintürme, andere in Betonklötzen, die sie Glashäuser nennen, viele in Dunkelkammern, die sie als Natur bezeichnen, manche auch in Affenkäfigen, Fledermaushöhlen, Pinguinteichen, Flohzirkussen, Kasperletheatern, die sie Welt oder Gesellschaft nennen, und alle sind reinweg vernarrt in eins ihrer inneren Organe, meist in dasjenige, das am schlechtesten funktioniert. Darm, Leber, Lunge,

Schilddrüse oder Gehirn; sie streicheln es, überhäufen es mit Blumen und Schmuck, füllen es mit Süßigkeiten, nennen es „meine Seele", „mein Leben", „meine Wahrheit" und würden die geringste Beleidigung dieses Gegenstandes ihrer inneren Andacht mit Blut sühnen. Sie bezeichnen das als „in der Welt der Ideen leben". Dank einem kleinen Taschenwörterbuch, das mein Führer eingesteckt hatte, verstand ich glücklicherweise ihre Dialekte recht bald.

11

Diese Verfertiger sind unglaublich findig. Nichts, was Ihnen nicht zum Verfertigen diente. Ich habe sogar welche erlebt, die es schafften, überaus nützliche Dinge unbrauchbar zu machen; das bezeichnet man in ihrer Sprache als „Triumph der Kunst". Einer ihrer Meister hatte gerade ein absolut unbewohnbares Haus gebaut. Als er bemerkte, wie verwundert ich war, ließ er sich zu folgender Erklärung herab:

„Ein Baum wächst schließlich nicht, damit die Vögel auf ihm nisten können. Der Vogel ist ein Schmarotzer des Baumes, der Mensch ein Schmarotzer des Hauses. Das von mir geschaffene Bauwerk trägt seinen Sinn in sich selbst. Sehen Sie diese Einfachheit, diese Kühnheit der Linienführung: Ein sechzig Meter hoher

Zementmast, an dem doppelwandige Gummikugeln aufgehängt sind." (Es sah wirklich wie eine riesige, vielfarbige Johannisbeertraube aus.) „Keine Mauern, kein Dach, keine Fenster; über solche Mätzchen sind wir schon lange hinaus. Beide Kugeln sind innen nach meinen Entwürfen ausgestaltet und können mittels eines zentralen Aufzuges mühelos besichtigt werden. Die Temperatur entspricht genau jenem idealen Durchschnitt, der den Ermittlungen unserer Gelehrten zufolge dem idealen menschlichen Organismus zuträglich ist. Das ist die einzige Temperatur, bei der sich niemand wohlfühlt; die einen zittern vor Kälte, die andern schwitzen. Die Wissenschaft arbeitet also in unserer Epoche Hand in Hand mit der Kunst, um die Häuser unbewohnbar zu machen. Diese Epoche kann gut und gerne sechs Monate dauern."

12

Wir verabschiedeten uns höflich von dem großen Architekten (diesen Titel hatte er sich jedenfalls zugelegt) und setzten unseren Weg fort. Überall waren alle möglichen Verfertiger am Werk, teils unter freiem Himmel, teils hinter Glas, und wahrscheinlich arbeiteten noch viele andere in aller Stille in den oberen Stockwerken. Die Kräftigsten schufen steinerne Figuren von Männern, Frauen, Tieren und Ungeheuern oder auch Figuren, die überhaupt nichts darstellten. Die Schwächsten modellierten Gips- und Tonfiguren. Alles, was sie verfertigten, wurde in alte, nicht mehr bewohnte Paläste geschafft und jeden Donnerstag und Sonntag von einer riesigen Menschenmenge bewundert, ohne daß diese hätte sagen können, weshalb. Als ich dem Krankenpfleger gegenüber eine diesbezügliche Bemerkung fallen ließ, flüsterte er mir ins Ohr:

„Halten Sie den Mund, Sie Unglücksrabe! Würde dieses Wort ‚weshalb' je laut über Ihre Lippen kommen, kämen Sie hier nicht lebendig heraus. Ich habe Ihnen doch eingehämmert, daß das Unheilbare sind. Ich will Ihnen ihr Geheimnis verraten. Sie erinnern sich, daß jeder dieser Verfertiger eine kranke Innerei hat, die sein ein und alles ist. Er weiß, daß dieses Organ mit ihm sterben wird, sofern er die Natur walten läßt. Genau das wäre passiert, wenn er da unten bei uns geblieben wäre. Doch er hat eine sublime Möglichkeit entdeckt: Er fabriziert unnütze Dinge; unnütze, also verwendet man sie nicht; man verwendet sie nicht, also nutzen sie sich nicht ab; also sind sie von langer Dauer. Das ist nicht unlogisch. In jedem dieser Dinge – und darin liegt das Geheimnis, das das Publikum nicht kennt – verbirgt er ein Quentchen seiner Innerei. Wenn alles verbraucht ist, stirbt der Mensch. Aber seine kranke, zärtlich geliebte, in zahllosen und mannigfaltigen Gestaltungen konservierte Innerei überdauert zuweilen jahrhundertelang. Das schafft selbst Alexis Carrels künstliches Froschherz nicht. Das schafft, was die Subtilität angeht, auch der Pelikan nicht, das ist der römischen Geschichte würdig. Hat jemand geschworen, sein gesamtes Leben seinem armseligen kleinen Krüppel von Bauchspeicheldrüse zu widmen, sieht sich die Verwaltung leider außerstande, ihn zu kurieren, weder ihn noch seine Bauchspeicheldrüse, wie immer er sie auch verklärt."

13

Als wir durch ein anderes Viertel gingen, wo Verfertiger wohnen, die auf die Kolorierung rechteckiger Leinwände spezialisiert sind, versuchte ich die Aufmerksamkeit meines Führers abzulenken; denn, so sagte ich mir, wenn wir überall haltmachen, muß ich diese schreckliche Trockenheit der Stimmritze noch stundenlang ertragen, ohne im übrigen etwas Neues zu erfahren. Ich erkundigte mich also:

„Sie haben soeben das Publikum erwähnt. Wer ist das? Woher kommt es? Ist es auch krank?"

„Das Publikum stammt wie wir selbst aus den

niederen Regionen, das heißt aus dem Saal im Erdgeschoß, wohin wir, seien Sie unbesorgt, bald zurückkehren werden. Nur ein kleiner Teil des Publikums ist unheilbar verseucht und hier untergebracht. Der Rest besucht in seiner Freizeit Museen, hört sich Vorträge und Konzerte an und benutzt die Bibliotheken. Dieses Publikum, das möchte ich betonen, hat immer nur nützliche Dinge verfertigt. Es hat also nie den Heroismus aufgebracht, sich ausschließlich dieser oder jener Innerei aufzuopfern. Drittens hat es nichts kapiert, ist ihm doch das Geheimnis, das ich Ihnen anvertraut habe, unbekannt. Das dürfte erklären, weshalb es diesen Verfertigern unnützer Dinge ungeteilte Bewunderung entgegenbringt.

Unermüdlich bestaunt es ihre Werke, liest ihre Lebensgeschichte, bringt ihnen Opfergaben dar. Es verhilft ihnen zu den armseligen, nützlichen Dingerchen, die es verfertigen kann, zu Häusern, in denen sie wohnen, zu Kleidern, die sie tragen, zu Nahrungsmitteln, von denen sie leben können. Dann geht es da unten wieder seiner tagtäglichen Arbeit nach. Die Verfertiger unnützer Dinge empfangen es mit Wohlwollen. Da sie sich offen zu einer entschiedenen Geringschätzung des körperlichen Lebens bekennen, halten sie die Verfertiger von Dingen, welche allein diesem körperlichen Leben dienen, für harmlos. Es gibt nur eine einzige Kategorie von Menschen, die sie nicht riechen können, die sie mit Freuden aushungern, zermalmen, in Stücke reißen und roh verschlingen würden, nämlich die Verfertiger von Dingen, welche auf andere Weise nützlich sind, jene paar Überlebenden derer, die man in vergangenen Jahrhunderten Künstler nannte. Die aber wagen sich nur in gepanzerten Autos in diese Gefilde."

14

„Gut", sagte ich. „Aber mit welchen Vorwänden kommen die Verfertiger dem Publikum? Welche Verdienste nehmen sie für sich in Anspruch?"
„Sie würden mir meine Antwort nicht abnehmen. Befragen wir doch besser, da wir gerade hier sind, ein paar Leinwandkolorierer; sie sind überaus redselig."
Er sprach einen dicken, als Spanier verkleideten Mann an und fragte ihn, warum er male.
„Sehen Sie", sagte der, „ich male eine Birne. Wenn Sie Appetit bekommen, sie zu essen, bin ich zufrieden."
Der Krankenpfleger kommentierte: „Seinem Mitmenschen Verlangen einflößen, ohne daß er die Möglichkeit hätte, es zu befriedigen", dann wandte er sich an einen andern, einen Fettwanst mit rot angelaufenem Gesicht und blondem Bart, der erklärte:
„Kein Problem für mich. Ich stehe vor meiner

Leinwand (das stimmte), kiek mir meinen Apfel oder meine Wolke an, greif mir meinen Pinsel, wähle ein Zinnober aus (er tat es), knall es *hierhin* (um ein Haar hätte er die Leinwand durchbohrt) und jjauchze" (tatsächlich, er jauchzte). „Ich kiek mir mein Zinnober an, dann meinen Zucchetto oder meinen Seehund, ich greif mir ein Grün, ich klatsche es *dahin* (er fuhrwerkte aufs Geratewohl herum) und jjauchze" (er jauchzte nochmal).

„Sachte, sachte, Dickerchen, amüsier dich alleine", sagte mein Führer und näherte sich einem dritten, einem kleinen untersetzten Rotschopf, der folgendes antwortete:

„Wer sich bemüht, die Natur nachzuahmen, ist erstens vulgär und zweitens gottlos; drittens versucht er etwas, was gar nicht möglich ist. Wer malt, weil es ihm Spaß macht, ein vielfarbiges Temperament über die Leinwand rinnen zu lassen, ist ein Schwein. Malen bedeutet für mich, Form und Farbe unmittelbar in den Dienst eines frei konstruktiven Denkens stellen, bedeutet, Geometrie zum Klingen bringen, bedeutet Abstraktion des Abstrakten von seiner eigenen Abstraktion, bedeutet ein synthetisches Abziehbildverfahren der Dynamik des Volumens in seiner relativistischen Resorption, bedeutet ..."

„Hier", fuhr der Krankenpfleger fort und zeigte mir, während der andere weiterredete, mit Lineal und

Zirkel gezogene, fade kolorierte Figuren.

„Grauenhaft eintönig", warf er hin. „Einige dieser sogenannten Maler sind darauf verfallen, ihre Bilder gemäß den Gesetzen der goldenen Zahl und des Farbenkreises aufzubauen. Natürlich handelt es sich nicht um die echte goldene Zahl oder den echten Farbenkreis. Das zeigt sich, was das Teilungsverhältnis des goldenen Schnittes angeht, beispielsweise daran, daß sie es geometrisch auf die Leinwand übertragen und dann versuchen, dieses Schema auszufüllen, was schließlich jeder beliebige tun kann; sie sind somit schlechte Geometer und keine echten Maler. Der echte Maler hingegen beherrscht die goldene Zahl oder die goldenen Zahlen und die Gesetze der Farbe bekanntlich gefühlsmäßig; seine Muskeln, seine Sensibilität, ja sogar sein Denken verfügen darüber. Er hat sie sich erworben, verlebendigt sie in allem, was er erlebt und sieht, und das nicht nur auf der Leinwand: deshalb ist sein Werk von umfassender Folgerichtigkeit. Wie jeder Künstler denkt der Maler übrigens nach, bevor er etwas macht, während diese hier, wie Sie an unseren Verfertigern sehen, einfach zu malen beginnen, in der Hoffnung, nachträglich etwas zu entdecken, ohne denken zu müssen, was sie hätten denken können, bevor sie zu malen anfingen, sofern sie hätten denken wollen. Aber ich sehe, Sie haben es satt."

15

Wir gingen weiter, und ich überlegte:

„Nicht zu glauben, daß wir uns auf einem simplen Dachboden, unter dem Giebel eines Hauses befinden, irgendwo an einem Punkt des Erdballes, wobei man nicht einmal weiß, ob es sich wirklich um einen Erdball handelt (um einen Punkt jedenfalls nicht); in einem Winkel dieses Dachbodens lebt eine solche Menge Leute, oder bildet sich ein, zu leben, oder ich bilde mir ein, die lebten da. Nicht zu glauben, daß nichts weiter als ein steiles Treppchen sie von dem verqualmten Saal da unten trennt, wo der Alte über die Macht der Wörter redet, wo man enorm säuft und wohin ich möglichst bald zurückkehren will.

Da unten Durst, immer mehr Durst, die Kerzen stets am Verlöschen, doch so wenig Licht sie geben, sie brennen immerhin und machen durstig.

Hier ein Durst, den man mit trügerischen Tränken im gleißenden Licht kalter Elektrosonnen stillt. Hier friert man, und unten ist's düster. Und am schwersten besoffen sind nicht die, die trinken."

„Ein bißchen Geduld", unterbrach mich der Krankenpfleger. „Unser Rundgang ist bald zu Ende. Werfen Sie im Vorbeigehen einen Blick auf diese Frau; sie hat es in der Kunst, unnütze Gebärden zu machen, zur Meisterschaft gebracht."

Diese Frau wandelte in einem falschen Päplum vor ein paar Hundert entzückten Zuschauern gestikulierend auf einer Bühne herum. Mit Hilfe des Taschenwörterbuches, das auch eine Erklärung der Gebärdensprache enthielt, derer sich die Verfertiger zuweilen bedienen, kann ich Ihnen eine recht getreue Übersetzung ihres Gebärdenspiels liefern. Doch das Publikum und sie selbst verstanden es wahrscheinlich anders.

„Nehmen Sie vorerst zur Kenntnis", drückte ihr Körper aus, der sich hin und her wiegte, „daß ich wunderschön bin. Und zugleich geschmeidig, geschickt, geistreich, leidenschaftlich und geheimnisvoll. Ich kann reglos auf den Zehenspitzen stehenbleiben und die Hände wie welkende Blumen sinken lassen, ohne daß das irgendeinen Sinn hätte. Nichts zwingt mich dazu, rasch diese fünf Schritte vorwärts zu tänzeln, und mein herrliches Haar fällt mir jäh und einfach so ins grundlos verzerrte Gesicht; drei Jahre habe ich gebraucht, um das hinzukriegen. Die Finger verflechte ich so kunstvoll, weil ich einmal gesehen habe, wie ein armer, abergläubischer Wilder das so machte, was er folgerichtig fand; ich hingegen halte es für schick, auf einen Anlaß kann ich ohne weiteres verzichten. Und so auf der Bühne zusammenzubrechen, ein Knie auf dem Boden und mit verdrehten Augen, ist das nicht hinreißend? Mich jedenfalls regt das wahnsinnig auf, ein Gefühl, das ich gleich wieder vergesse, um plötzlich die Arme gen Himmel zu recken, den nicht vorhandenen, und nun? – was? Mangelt es mir etwa an Phantasie? Oh, ich mache alles nochmal, aber diesmal zeige ich mich von hinten. Und ich fange jetzt mit dem Ende an. Der Gag mit dem Haar macht immer einen gewissen Effekt; weshalb sich also um einen andern bemühen? Ich schließe mit einer Pirouette und sinke in mich zusammen."

Die Zuschauer klatschten frenetisch Beifall, was da oben ein Zeichen der Zufriedenheit und der Anerkennung ist. Der Krankenpfleger flüsterte mir ins Ohr, sein Medizinerauge erspähe in den Eingeweiden dieser Dame ihre kleine Lieblingsinnerei, die Freudentränen vergieße.

16

„Ein Verdienst kann man ihr nicht absprechen, sie ist aufrichtig", sagte ich zu ihm.

„Ein erbärmliches Verdienst. Das haben sie alle. Sie stellen sich vor aller Augen schamlos zur Schau, ihre eignen natürlich ausgenommen. Wie wir in unserem Metier von einem ‚schönen Abszeß' oder einem ‚herrlichen Ekzem' sprechen, so geben sie ihre kranke Innerei unter allerlei Deckmänteln der Bewunderung preis. Wer einen Teller fabriziert oder ein Hemd näht, wer Brot bäckt oder etwas herstellt, was unsere Urahnen ein Kunstwerk nannten, muß sich nicht bemühen, aufrichtig zu sein; er macht eben das Beste aus dem, was er kann. Doch ein Verfertiger unnützer Dinge, wie sollte der nicht aufrichtig sein? (Ich gebrauche das Wort in dem etwas verschrobenen Sinn, den Sie ihm offenbar geben.)

„Sehen Sie", fuhr er fort und mischte sich in eine andere Ansammlung von Menschen, „sehen Sie sich doch die Leutchen an, die sich auf diesem Podium abplagen und miteinander schwätzen. Sie sind sich selbst nie ähnlicher als hier, worüber sie sich allerdings keine Rechenschaft ablegen. Ihr Vergnügen besteht darin, erdachte, unproduktive Menschenleben darzustellen. Nur unter dieser Bedingung können sie jedermann ihre kranken Innereien vorführen und ihnen durch die magische Eigenschaft ganz bedeutungsloser Gebärden und Worte zum Triumph verhelfen.

Andere sind schon selig, wenn sie der kleinen Gottheit in ihrem Innern Töne entlocken. Sie verfügen über Instrumente, ehemals lebensnotwendige Geräte, die allerlei Töne hervorbringen, und es ist ihnen gelungen, sie zu Luxusgegenständen zu machen. Sie versetzen Saiten, Pfeifen und Häute in Vibration, und die Freude, die sie dabei empfinden, nennen sie Freiheit, ohne daß sie das begründen könnten. Es ist erstaunlich, daß es nicht zu mehr Unfällen kommt. Zum Schluß aber noch eine ganz eigene Art von Verfertigern. Für die werden Sie sich ganz besonders interessieren. Wenn ich mich recht erinnere, gehörten Sie doch zu denen, die da unten an einer großen Diskussion über die Macht der Wörter teilnehmen wollten. Sie werden jetzt also diejenigen sehen, die sich einbilden, sie hätten das Geheimnis, dem Sie nachspüren, bereits ergründet, oder die der Meinung sind, von einem Geheimnis könne hier nicht die Rede sein: die Verfertiger unnützer Reden."

17

Die Verfertiger unnützer Reden zerfallen in drei Hauptsippen: diejenige der Pwatten, diejenige der Romangsjehs und diejenige der Kirittiker. Übersetzt man diese Wörter ins Deutsche, bedeuten sie „Wohlklangsschwindler", beziehungsweise „Gespensterverkäufer" und „Krümelsammler".

Die Pwatten bezeichnen sich als Nachfahren der Barden, Sänger und Troubadours von einst. „Indessen", erklärte mir einer von ihnen, ein dicker, zappliger, verwahrloster Kerl mit Vollmondgesicht, der in einer Milchbar an einem Tisch saß, „obwohl wir diesem oder jenem Vorläufer unserer Zunft unsere

Achtung nicht versagen, haben wir dem platten Materialismus ihres Handwerks abgeschworen. Sie tischten Poesie auf, wie man Gerichte auftischt, wobei sie den Fraß jedem nach seinem Geschmack würzten. Sie wollten erbauen, belehren oder gefallen, und das gelang ihnen auch.

Wir erstreben Höheres. Unsere Aufgabe besteht darin, die groben Wörter des täglichen Lebens in eine Sprache umzumünzen, die nicht von dieser Welt ist, die weder das Nützliche noch das Angenehme anvisiert. Unsere Ahnen sprachen und sangen, aber viele verschmähten es, zu schreiben. Sie waren der Meinung, die Schrift sei nur dazu da, um Gedichte, die sie gemacht hatten, nachträglich festzuhalten oder die allgemeine Thematik, eine Zusammenfassung des Inhalts aufzuzeichnen; ansonsten improvisierten sie. So blieb von ihrem vergänglichen Werk nur das Skelett übrig. Wir hingegen sprechen nicht, wir schreiben. Und unsere Werke, die in soliden Bibliotheken gelagert sind, werden Jahrhunderten trotzen. Welche Freiheit haben wir damit gleichzeitig gewonnen! Keine störenden Zuhörer mehr, deren Laune, deren Dummheit uns zwänge, uns anders, uns klarer auszudrücken, als wir möchten. Keine Verantwortung mehr, die unserer Inspiration die Flügel stutzen könnte. Schluß auch mit allen zeitlichen Einschränkungen; wir verwenden zehn Minuten oder ein halbes

Jahr darauf, ein Gedicht zu machen, wie es unserem Lyrismus gerade zusagt."

(Lyrismus? Dieses Wort war mir unbekannt. Ich schlug im Taschenwörterbuch nach und las:

LYRISMUS, Subst., m., chronische Verwirrung der inneren Wertordnung eines Individuums, die sich bei dem hieran Erkrankten als sogenannte Inspiration bemerkbar macht, nämlich als periodisch auftretendes, unwiderstehliches Bedürfnis, in rhythmischem Tonfall unnütze Reden zu halten. Nicht zu verwechseln mit dem, was die Alten *Lyrismus* nannten und worunter sie die Kunst verstanden, die durch lange, geduldige Arbeit zuvor gestimmte menschliche Leier zum Klingen zu bringen.)

Der Pwatt fuhr fort:

„Von uns Pwatten gibt es zwei Untersippen: diejenige der passiven und diejenige der aktiven Pwatten. Den ersteren gebührt zweifellos Vorrang, und ich bin der geeignete Mann, Ihnen das auseinanderzusetzen, hält man mich doch einstimmig für ihren brillantesten Vertreter. Was uns trennt, sind methodische Fragen. Wir pflegen kaum Umgang miteinander. Wir passiven Pwatten verfahren folgendermaßen:

Man wartet ab, bis sich ein Zustand heftigen Unwohlseins namens ‚Ich-weiß-nicht-wie-mir-ist' einstellt; das ist die erste Phase der Inspiration. Dieses

82

Unwohlsein kann man zuweilen durch übermäßige Nahrungsaufnahme oder durch eine Hungerkur provozieren; auch dadurch, daß man einen Kollegen bittet, einen in aller Öffentlichkeit abzukanzeln, worauf man die Kurve kratzt und sich dabei innerlich wiederholt, wie man das pariert hätte, wenn man mutiger gewesen wäre; oder dadurch, daß man sich von seiner Frau betrügen läßt; oder dadurch, daß man seine Brieftasche verliert; bei all dem darf man sich keinesfalls gestatten, normal und sinnvoll zu reagieren. Es gibt zahllose, ganz verschiedene Methoden.

Dann schließt man sich in seinem Zimmer ein, greift sich mit beiden Händen an den Kopf und beginnt zu grölen, so zu grölen, bis einem ein Wort in der Kehle steckenbleibt. Das spuckt man aus und hält es schriftlich fest. Handelt es sich um ein Substantiv, fängt man wieder an zu grölen, bis ein Adjektiv oder ein Verb herausspringt, dann ein Attribut oder ein Objekt, und so fort, und zwar macht man das alles instinktiv. Nur nie dran denken, was man ausdrücken möchte, ja es ist noch besser, wenn man überhaupt nichts ausdrücken will, sondern dasjenige sich ausdrücken läßt, was sich durch einen auszudrücken beliebt. Wir nennen das den poetischen Rausch; er stellt die zweite Phase der Inspiration dar und ist von sehr unterschiedlicher Dauer.

Die dritte Phase, die kniffligste, ist nicht unabdingbar. Man nimmt sich da seine Aufzeichnungen nochmals vor und ändert oder streicht alles, was einen zu
klaren Sinn ergibt oder mehr oder weniger so aussieht
wie das, was andere schon veröffentlich haben. Durch
das zwangsläufige Ein- und Ausatmen während des
poetischen Rausches haben die Wörter von selbst eine
rhythmische Abfolge, Grund genug, sie ‚Poesie' zu
nennen.

Soll ich es Ihnen vormachen?"

„Nein, danke", sagte der Krankenpfleger. Und er zog
mich weiter, während der Dicke trotzdem ein um-
fangreiches Manuskript aus der Tasche zog und
loslegte.

18

Weiter oben kamen wir zum Schreibtisch eines anderen angesehenen Pwatten; er gehörte der Richtung
an, die man aus unerfindlichen Gründen die aktive
nennt. Es war ein großer Ausgemergelter, dunkel-
haarig und vornehm, und seine Kleidung war so
makellos wie die Anordnung seiner Schreibutensilien
auf dem Ebenholztisch. Er nippte an einem mit
kühlem Wasser gefüllten Kristallkelch und sagte:
„Die Inspiration, meine Herren, ist ein kurzlebiger

Wahn. Wir aktiven Pwatten, deren berühmtester Vertreter ich bin, folgen nur einem Stern, nämlich der Vernunft."

(Vernunft? Ich blätterte verstohlen im Wörterbuch und fand:

VERNUNFT, Subst., w., imaginärer Mechanismus, den man fürs Denken verantwortlich macht.)

Der andere fuhr fort:

„Wie unsere sogenannten Kollegen, die Inspirierten, gehen wir von einem Wort aus oder von einer ursprünglichen Wortgruppe. Unsere Triebkraft ist indessen die Vernunft, denn da unser Material aus Wörtern besteht, müssen wir von ihnen ausgehen. Ich habe die Kunst der poetischen Schöpfung durch eine kleine, selbst erfundene Apparatur, die ich Ihnen vorführen will, beachtlich vervollkommnet."

Er griff sich an den Schädel und nahm mit einnehmender Natürlichkeit den Deckel ab; mein Blick fiel auf die säuberlich an die Zirbeldrüse geschraubte Poesiemaschine. Es war eine am kardanischen Ring aufgehängte, hohle Metallkugel, in der offenbar Tausende von Aluminiumplättchen gestapelt waren, und auf jedem stand ein anderes Wort. Die Kugel drehte sich um ihre beiden Achsen, hielt dann inne und schied unten durch eine Öffnung ein Wort aus. Man läßt sie – kraft dessen, was hier „Denken" genannt wird – so lange rotieren, bis man über alle erforderlichen Elemente zur Bildung eines Satzes verfügt. Der Pwatt fuhr fort, immer noch mit aufgeklapptem Deckel:

„Der Wahrscheinlichkeitsrechnung, diesem erhabensten Ausdruck des modernen Rationalismus zufolge ist es auf kosmischer Ebene annähernd gewiß, daß ein auf diese Weise gebildeter Satz ein noch nie dagewesenes Phänomen darstellt und daß er keinen praktischen Sinn hat. Es handelt sich um die reine *prima materia* der Poesie. Jetzt muß man diese Materie mit Informationen füttern.

Das passende Versmaß bestimme ich genauso wissenschaftlich. Da das Gedicht die wechselseitige Reaktion von Mikrokosmos und Makrokosmos in einem bestimmten Augenblick ist, bringe ich auf meinem Körper diverse Apparate an, die meinen Puls, meinen Atem und alle anderen organischen Bewegungen registrieren. Zur Aufzeichnung von Daten habe ich im übrigen auf meinem Balkon Baro-, Thermo-, Hygro-, Anemo- und Heliometer stehen, und im Keller einen Seismo-, einen Oro- und einen Chasmographen, von anderen Dingen zu schweigen. Wenn ich alle Diagramme zusammen habe, führe ich sie in die Maschine hier ein."

(Er zeigte auf etwas, das über dem Kleinhirn lag und aussah wie die Spielautomaten, die es vor 1937 in den Kneipen gab.)

„Dieser Apparat errechnet die Resultate aller Kurven. Ich übersetze die Krümmungen, Biegungen, Maximinima, Windungen und Schleifen der Resultante in Molosser, Tribrachen, Amphimazer, Päone, Prokeleumatiker, in Pausen, Zäsuren, Hebungen, Senkungen, Wortakzente, und ich brauche dieses metrische Schema nur noch mit meinem ursprünglichen Satz zur Deckung zu bringen, den ich dann durch ununterbrochenes Austauschen von Homonymen und Synonymen, Kakonymen und Kallinymen sämtlichen mit dem Metrum zu vereinbarenden Variationen unterwerfe; hundertmal nehme ich mir das Werk, das ich gerade in Arbeit habe, aufs neue vor, bis es die Sterblichen schöner finden als ein goldenes Fahrrad."

Ich wollte nichts weiter hören, mir brummte der Schädel. Ich sah nicht ein, inwiefern sich diese beiden Arten von Pwatten wesentlich unterschieden. Beide beauftragten eine fremde Mechanik damit, für sie zu denken. Der eine verstaute seine Maschine im Bauch, der andere im Kopf; das war der ganze Unterschied. Und all das, ich kann es jetzt ja zugeben, machte mir Durst, Durst. Ich hatte Durst, ich war durstig nach Poesie.

Ich wollte mir die Romangsjehs nur von weitem ansehen und glaubte meinem Führer aufs Wort, als er mir kurz erklärte:

„Sie verbringen ihre Zeit damit, erfundene Lebensläufe schriftlich festzuhalten. Die einen erzählen ihre eigenen Erlebnisse, die sie Personen ihrer Phantasie in die Schuhe schieben, damit sie nicht zur Verantwortung zu ziehen sind und ihrer Schamlosigkeit freien Lauf lassen können. Die andern statten ihre Geschöpfe mit all den Erlebnissen aus, die sie selbst gern gehabt hätten; sie verschaffen sich damit die Illusion, es seien wirklich ihre eigenen.

Es gibt da noch zwei häretische Sekten, jawohl, die Mnemographen und die Biographen. Ersteren macht es Spaß, gleichfalls schriftlich überaus schmeichelhafte Ereignisse ihres Lebens aufzuzeichnen (oder ganz schandbare, um der Eitelkeit willen, aufrichtig zu sein); letztere wenden dieselbe Methode auf das Leben anderer Leute an.

Sie alle zu besuchen, wäre ein Kreuz. Ich möchte Sie nur einem unserer Kranken vorstellen, dessen ziemlich komplexer Fall nach Pwattismus und Mnemographismus aussieht. Er wird Sie sicher interessieren."

Er bat mich in ein Haus, das nichts Besonderes an sich hatte. Wir stiegen zwei, drei Stockwerke hoch, er klingelte an einer Tür, stellte mich einem gewissen „Herrn Aham Egomet" vor und sagte mit maliziösem Augenzwinkern:

„Ich lasse Sie ein paar Minuten zusammen. Unterdessen will ich nachsehen, ob die Kirittiker mit genug Lektüre versehen sind, denn sie können ihren Durst nur damit stillen. Bis bald."

Zum erstenmal seit meinem Ausflug zu den Flüchtigen fühlte ich mich wie zu Hause. Das Zimmer, wo ich mich befand, kam mir so vertraut vor, daß ich es nicht beschreiben könnte. Ich bin auch nicht in der Lage, Ihnen Aham Egomet zu schildern, denn ich fand, daß dieser Mensch x-beliebig aussah. Er entsprach der klassischen „Personenbeschreibung" der Polizei. Besondere Kennzeichen: keine. Ich hätte mich vom ersten Augenblick an bei diesem Menschen wohlgefühlt, wäre da nicht dieses lästige Gefühl gewesen, daß unzählige unsichtbare Augen und Ohren mich belauerten, daß ich für jedermann ein offenes Buch war. Egomet lächelte mir widerwärtig zu, als seien wir Komplizen, und erklärte mir seine Tätigkeit.

„Mit mir, mein Lieber, hat es seine besondere Bewandtnis. Ich bin hier zur Berichterstattung. Ich tue nur so, als sei ich von ihrer Krankheit befallen, damit ich sie besser studieren kann. Bald werde ich wieder hinuntergehen und einen aufsehenerregenden Reisebericht veröffentlichen. Er wird (damit neigte er sich zu meinem Ohr) *Das große Besäufnis* heißen. In einem ersten Teil werde ich den Alptraum von Leuten beschreiben, die sich in einer Sackgasse befinden und auf der Suche sind nach einem intensiveren Lebensgefühl; weil sie jedoch keine Perspektive haben und sich von Getränken verdummen lassen, die keine Erfrischung verschaffen, verfallen sie dem Suff. Im zweiten Teil werde ich das gespenstische Leben der Flüchtigen sowie all das, was sich hier abspielt, skizzieren; wie leicht es einem fällt, nichts zu trinken, wie man dank der illusorischen Tränke der künstlichen Paradiese sogar das Wort „Durst" vergißt. In einem dritten und letzten Teil werde ich auf Getränke verweisen, die zugleich subtiler und wirklicher sind als die da unten, die man sich aber mit erleuchteter Stirn, schmerzendem Herzen und im Schweiße seiner Gliedmaßen erwerben muß. Kurz, wie der weise Weinhold sagte: *Während die Philosophie lehrt, wie der Mensch angeblich denkt, zeigt das Besäufnis, wie er denkt."*

Er wurde unterbrochen, denn der Krankenpfleger kam zurück und drängte mich, den Rundgang fortzusetzen. Im Weitergehen bemerkte ich:

„Aber der hier ist doch vollkommen gesund!"

90

„Das sagen sie alle", antwortete er; und nach einem Augenblick des Nachdenkens fügte er hinzu: „Übrigens, ob er krank ist oder nicht, das wissen nur Sie selbst. Und wenn er krank ist, können nur Sie ihn heilen."

Das war eine heikle Aufgabe. Ich nahm sie trotzdem auf mich. Seither stehen wir, Aham Egomet und ich, in regelmäßigem Briefwechsel miteinander, soweit die Post funktioniert. Mitunter sehen wir uns sogar. Er erzählt mir, was sich dort abspielt, und ich bemühe mich meinerseits, ihn durch Ratschläge vor Ansteckung zu schützen.

21

„Sind die Kirittiker mit allem versehen?" erkundigte ich mich bei dem Krankenpfleger, nachdem ich allerlei düstere Gedanken von mir abgeschüttelt hatte.

„Ja. Jeder muß bis zum Wochenende mindestens fünf Romane, drei Essays, zwei philosophische Werke, zweiundsiebzig Gedichtbände, fünfzehn Biographien berühmter Leute, zwanzig Bände Memoiren, dreißig Pamphlete und ganze Stapel von Zeitungen und Zeitschriften verschlingen. So ist es immer. Sie sind unermüdlich und unersättlich. Es wäre Zeitverschwendung, wenn wir uns mit ihnen unterhalten wollten."

„Aber was tun sie, nachdem sie gelesen haben?"

„Nachher greifen sie zur Feder. Ihre Aufgabe besteht darin, unter den bei uns veröffentlichten Schriften all das aufzuspüren, was zu irgend etwas mehr oder weniger unmittelbar gut sein könnte; sie besteht auch darin, alle Kundgebungen dessen, war wir „Gesundheit" nennen, schlecht zu machen und diejenigen an die Krankheit zu gemahnen, die sich von ihr entfernen wollen."

„Wie kommen sie eigentlich dazu, diese Macht auszuüben? Über welche Druckmittel verfügen sie?"

„Nichts einfacher als das. Bekanntlich kommen einem Verfertiger unnützer Reden, sofern er nicht bei irgendeinem Publikum Beachtung findet, seine Äußerungen wieder hoch und ersticken ihn; dabei platzt seine kranke Innerei. Der Kirittiker vermittelt also zwischen dem Verfertiger und dem Publikum, diesem ehrerbietigen Publikum der niederen Regionen, das ich Ihnen gegenüber schon erwähnt habe, und belehrt es: Das müßt ihr lesen, das nicht. Im ersten Fall kann sich der Autor seiner Erzeugnisse entledigen und neue ausarbeiten, im andern Fall geht ihm die Puste aus. All das ist eine Nachäffung dessen, was in der Welt der Gesunden mit ganz anderer Zielsetzung die sogenannten Kritiker tun: Sie haben unermüdlich die

Bedürfnisse der Verbraucher im Auge, sehen mit einem Blick, wohin deren Hunger, wohin deren Durst tendiert, und wählen unter den Produzenten diejenigen aus, die diese Bedürfnisse befriedigen können; sie sind also den einen beim Konsum, den andern beim Absatz der Ware behilflich. Hier dagegen lebt man, wie Sie beobachtet haben, in einer verkehrten Welt.

22

Wir übergingen eine ganze Reihe sekundärer Spielarten von Verfertigern. Mein Führer hätte mich gern in eine riesige Fabrik gelockt, in der Filme gedreht wurden, doch was ich flüchtig wahrnahm, als er mir das Tor öffnete, fand ich derart widerlich, daß ich nichts weiter sehen wollte. In blendendem Licht, zwischen einem Urwald aus Papier, der Ecke eines Seehafens aus Pappe und einem halben Schlafzimmer von Herrn Neureich, zwischen herumbaumelnden Schnüren und Brettern, Balken und elektrischen Kabeln wiederholten ein Mann und eine Frau in Abendkleidung, deren Gesichter mit Farbbrei bekleistert und von Schweißrinnen zerfurcht waren, ununterbrochen eine zufällige Begegnung, bei der sie sich die Hand gaben. Der Mann sagte jedesmal: „Guten Tag", und die Frau lächelte geniert. Währenddessen hielten die etwa zwanzig anwesenden Personen den Atem an und versuchten, wie sie das nannten, still zu sein. Jedesmal, wenn die Szene zu Ende war, sagte jemand verdrossen: „Das haut noch nicht hin, nochmal"; dann setzte jeder eine hochbedeutsame Miene auf, einer verschwand in einer isolierten Kabine, ein anderer kletterte eine Leiter hoch und brachte einen Scheinwerfer in Stellung, wieder ein anderer stürzte ein Zitronenwasser herunter, drei andere linsten durch die Öffnungen eines gedrungenen Metallzyklopen; manche trugen Latzhosen, manche Seidenhemden oder Pullover, alle jedoch waren todernst und aufgeregt, als sei ein Brand ausgebrochen. Der Chef schrie: Ruhe! und man begann aufs neue.

„Das dauert jetzt schon acht Tage", sagte mir der Krankenpfleger. „Diesem Herrn gelingt es einfach nicht, im richtigen Tonfall ‚Guten Tag' zu sagen. Schließlich wird man sich mit einem Ungefähr zufriedengeben und zur nächsten Szene übergehen. Alle diese Einzelszenen werden photographiert, auf Tonband aufgenommen, aneinandergeklebt und in einem finsteren Saal vor einem gierigen, wehrlosen Publikum vorgeführt.

Diese beiden Subjekte, die Sie gesehen haben", fuhr er fort und zog mich beiseite, „bezeichnen sich wie ihre zahllosen Kollegen als Schauspieler. Die korrekte

94

medizinische Fachsprache nennt sie dagegen Marionetten."

„Wieso denn das? Was bezeichnen Sie denn als Schauspieler?"

„Ja natürlich, ich habe ganz vergessen. Sie sind zu jung, um das kennengelernt zu haben. Schauspieler nannte man früher einen Menschen, der seinen Körper einer Kraft, einem Verlangen oder einer Idee lieh oder, wie man der Kürze halber sagte, einem Gott, der durch ihn Leben erlangte. Er vermochte die Götter herbeizurufen, sie strömten durch seinen Körper. Durch ihn hatte ein Gespräch zwischen Göttern und Menschen statt. Sie tanzten zusammen, sangen zusammen, sie kämpften, vertilgten sich zuweilen gegenseitig, und zuweilen tafelten sie, kurz und gut, sie lebten zusammen, die Menschen und die Götter. Der Schauspieler übte also ein reines, notwendiges Handwerk aus. Unsere heutigen ‚Marionetten' geben etwas wieder: ein Handwerk, das sich auf praktischen Nutzen beschränkt. Sie selbst sind unbeteiligt. Sie stehen im Dienste der Kunst; was das besagen will, wissen Sie ja. Während die Schauspieler den Göttern ihre Körper liehen, stellt man heute Götter nach Maß her und stülpt sie den Marionetten über. Wenn eine Marionette ein krummbeiniges Herz hat, ein Schielhirn, einen buckligen Verstand, ein hinkendes Gewissen und soviel Sinn für Ironie wie eine Glatze für

Haare, so bittet man einen Verfertiger unnützer Reden, einen Gott mit vergleichbaren Eigenschaften zu kreieren. Dann schenkt man der Marionette diese armselige Vogelscheuche, diesen Gott, der indessen oftmals noch mehr vermag als sie. Die Marionette rackert sich ab wie ein Zirkuspferd und schafft es mehr schlecht als recht, diesem Scheinwesen durch ihren Scheinkörper ein bißchen Leben zu verleihen. Das Publikum schreit ‚O Wunder!‘, staunt und zahlt."

„Aber weshalb sieht sich das Publikum diese toten Bilder toter Offenbarungen totgeborener Götter an?"

„Erstens weil es in diesem dunklen Saal sehen kann, ohne gesehen zu werden, hören kann, ohne zu antworten, und weil es, angeblich ohne etwas zu riskieren, Fabelwesen vorgeführt bekommt (von denen es schließlich doch besessen ist). Dann auch, weil es sich einbildet, ihr Anblick verschaffe ihm ohne großen Einsatz das Erlebnis aller möglichen Freuden, Verbrechen, Dummheiten, Laster, Tugenden, guten Taten, heroischen Gesten, edlen Gefühle und kleinen Feigheiten, zu denen es im wirklichen Leben niemals den Mut aufgebracht hätte."

„Merkwürdiges Vergnügen. Sich derart in einem dunklen Saal von Leuten, die Vogelscheuchen nachahmen, die Phantasie massieren zu lassen . . ."

„Na, na, spielen Sie nicht den Naiven. Das mag jeder gern. Jeder gibt seinem Affen gerne Zucker."

23

Während unseres Gespräches waren wir mehr ins Stadtzentrum gekommen und befanden uns jetzt in den Wohnvierteln der Erklärer.

Nicht lange, und wir standen auf einem kreisrunden, mit Mosaiken gepflasterten Platz; er wurde von Jupiterlampen erleuchtet, die auf hohen Glashäusern angebracht waren. In der Mitte ragte ein zehn Meter hoher elektrischer Transformator auf, von dem nach allen Seiten Kabel abgingen. Wir waren kaum da, als auf einer andern Straße, mehr linker Hand, ein stolzer alter Mann mit Gehrock und Zylinder auftauchte, dem ein Dutzend Männer mit weißen Kitteln und Handköfferchen folgte.

„Ah! So ein Glück!" rief mein Gefährte aus. „Ausgerechnet Professor Mumu. Wissen Sie, das ist der, der die fixe Idee hat, die andern zu heilen. Ich werde Sie ihm anvertrauen, denn in diesen Gefilden kann keiner Sie besser führen. Hören Sie ihm ehrerbietig zu, aber behalten Sie immer im Hinterkopf, daß er selbst von einer der subtilsten Formen dieser Krankheit schwer befallen ist. Unterdessen werde ich nachsehen, ob in den Kirchen alle hygienischen Vorschriften gebührend eingehalten werden. Wir sehen uns auf dem Olymp wieder."

Nach diesen rätselhaften Ankündigungen führte er

mich auf den Professor zu, stellte mich vor und entfernte sich mit großen Schritten.

24

„Junger Mann", erklärte mit liebenswürdiger Herablassung Professor Mumus weißer Bart, „junger Mann, Sie kommen gerade recht. Sie wollen offenbar die Erklärer besuchen?"

„Ja", log ich und dachte, ein, zwei Liter Roter wären mir weit willkommener gewesen.

„Nun, ich habe gerade meine Visite bei ihnen begonnen; folgen Sie mir, dann wird Ihnen ein Licht aufgehen. Doch zuerst ein paar Erklärungen."

(„Da haben wir's, der also auch", sagte ich mir, während ich so tat, als hörte ich ihm begierig zu.)

„Die Erklärer sind zwischen zwei extremen Typen, den Scienten und den Sowen, beheimatet. Die ersteren wollen die Dinge erklären, die letzteren erklären alles, was die ersteren nicht erklären können.

Die Scienten behaupten, ihr Name leite sich wie das Wort *scientia*, Wissenschaft, von lateinisch *scire*, *sciens* ab und sei ein Synonym für ‚Gelehrte'. In Wirklichkeit hängt es mit althochdeutsch *scîzan*, ‚zerreißen', zusammen, da die Hauptbeschäftigung der Scienten darin besteht, alles zu zerreißen, kleinzuhacken, zu pulverisieren und aufzulösen. Die Sowen möchten ihren Namen von demjenigen ihrer Göttin Sophie ableiten, die bekanntlich von einem Mißgeschick ins andere stolpert. Indessen steht fest, daß das Wort in Wirklichkeit nur eine Verballhornung von ‚sowenig‘ ist, daß es sich also um einen Spitznamen handelt, den ihnen einsichtige Leute angehängt haben; sie haben damit ein paar Wahlsprüche zusammengefaßt, die man den Sowen zuschrieb, um sie zu veräppeln, zum Beispiel: ‚Ich weiß alles, *sowenig* ich weiß, daß ich nichts weiß‘, ‚Ich kenne alles, *sowenig* ich mich selber kenne‘, ‚Alles ist vergänglich, *sowenig* ich selbst vergänglich bin‘, ‚Alles ist in allem enthalten, *sowenig* ich selbst darin enthalten bin‘, und so weiter.

25

„Ein Karnickel und rote Tinte!" schrie der Professor plötzlich und wandte sich seinen Assistenten zu. Einer von ihnen klappte seinen Koffer auf und zerrte an den Ohren ein Prachtexemplar von russischem Karnickel heraus, das zappelte und mit den Zähnen knirschte. Ein anderer nahm ein Blecheimerchen und rührte in ihm mit Wasser ein rotes Pulver an. Das Karnickel wurde hineingetunkt und scharlachrot wieder aus dem Bad herausgefischt. Man ließ es abtropfen, worauf der Professor es mit ausgestrecktem Arm an den Löffeln herumschwenkte.

„Was habe ich da in der Hand?" fragte er mich.

„Ein rotgefärbtes Karnickel."

„Nein, junger Mann, nein. Wie Ihnen in Betrachtung der abenteuerlichen Geschicke dieses Lebewesens in Kürze aufgehen wird, handelt es sich um gut und gerne zweihundert rote Karnickel. Wir werden sogleich ein Gebäude betreten, das ich unter einem philantropischen Vorwand zu Studienzwecken herrichten ließ. Da ackern Scienten aller Fachrichtungen am Fließband. Wir wollen ihnen dieses rote Karnickel überantworten. Jeder von ihnen wird, glauben Sie mir, zu seinem Karnickel kommen, und vielleicht bleibt noch eine Handvoll übrig für Hasenpfeffer."

Ich ging hinter ihm her. Wir betraten einen langen Flur mit einer endlosen Flucht aneinandergereihter Labortische. Alle zehn, zwölf Schritte lauerte ein weißgekleideter Scient mit einem Skalpell oder einer Waage, einem Rohr, einem Wärmemesser oder einem Mikroskop, kurz, jeder mit einem besonderen Instrument, das ich nicht immer identifizieren konnte.

„Die sind noch nüchtern", sagte der greise Gelehrte. „Den ganzen Tag über hat ihr Verstand noch nichts unter die Zähne bekommen. Sie werden gleich sehen, was das für ein Fest wird."

100

Er stieg auf einen kleinen Marmorsockel neben dem Eingang und kündigte mit schallender Stimme an: „Meine Herren, die Jagd des Pan ist eröffnet!"
Beifälliges Gemurmel erscholl, verlor sich wie Donnerrollen in der Ferne, flutete sacht zurück, enteilte aufs neue, wogte hin und her, breitete sich aus und verstummte besänftigt.
Es herrschte tiefe, feierliche Stille, als Professor Mumu das rote Karnickel auf den ersten Tisch schmiß.

26

Der erste Scient stürzte sich auf seine Beute, indem er einen bewundernden Pfiff ausstieß. Er setzte das rote Karnickel auf den Boden mitten in ein kleines Labyrinth aus Brettern, konfrontierte es mit einem Grashalm, einem elektrischen Draht, einer Tasse Milch, einem Spiegel und anderen Dingen und machte sich daran, das Verhalten des Tieres mit der Stoppuhr zu testen. Dann warf er es seinem Nachbarn zu und vertiefte sich in seine Zeitstudien.
Der zweite Scient photographierte das Karnickel aus allen möglichen Perspektiven.
Der dritte schnitt ihm die Kehle durch und nahm seine Schreie auf Grammophon auf.

Der vierte machte es wieder lebendig und notierte seinen Blutdruck.

Der fünfte murkste es wieder ab und fing einen Blutstropfen auf, den er in einem Glas konservierte.

Der sechste durchleuchtete es.

Der siebente schnitt ihm einen Streifen Fell heraus, den er unters Mikroskop legte.

Der achte wog das Tier und entnahm ihm eine Hirnprobe.

Der neunte stellte durch Vermessen seine Dimensionen fest.

. . . .

Der sechsundvierzigste riß ihm das Herz heraus und brachte es auf einer Untertasse wieder zum Schlagen.

Der siebenundvierzigste befragte es über seine Geschichte und seine Vorfahren und erfand, da es nicht antwortete, aus dem Stegreif Antworten.

. . . .

Der Hundertunderste zog ihm die Zähne.

Der Hundertzweite verpaßte ihm einen exotischen Namen.

Der Hundertdritte begann Etymologie und Semantik dieses Namens zu ergründen.

Der Hundertvierte machte sich daran, die Haare zu zählen.

Der Hundertfünfte erfand, da ihm die Geduld riß,

eine Haarzählmaschine, die er dem Hundertsechsten übergab.

Der Hundertsechste zerlegte die Maschine und reichte die Einzelteile an den nächsten weiter.

Der nächste setzte die Teile in anderer Reihenfolge wieder zusammen und versuchte herauszufinden, wozu diese neue Maschine zu gebrauchen war.

Ich hatte nicht den Mumm, das länger mitanzusehen. Vor allem hatte ich aber eine Stinkwut auf Professor Mumu.

„Lustig gemacht hat der sich über mich. Hasenpfeffer hatte er mir in Aussicht gestellt. Wo soll ich jetzt das Karnickel herkriegen?"

Schließlich nahm ich Vernunft an, weil mir Karnickel nicht sonderlich schmeckt, insbesondere nicht, wenn ich dazu keinen verlöten kann.

27

Professor Mumu schloß sich mir an.

„Oho", sagte er, „dem haben sie's besorgt, ihrem roten Karnickel! Ein einzigartiges Erlebnis aber ist es, wenn man ihnen einen Menschen vorwirft, diesen Halbkannibalen. Aus einem einzigen Männeken schlagen die tausend heraus: den *homo oeconomicus*, *homo politicus*, *homo physico-chimicus*, *homo endocri-*

nus, homo sceletticus, homo emotivus, homo percipiens, *homo libidinosus, homo peregrinans, homo ridens, homo* *ratiocinans, homo artifex, homo aestheticus, homo reli-* *giosus, homo sapiens, homo historicus, homo ethnogra-* *phicus,* und das sind bei weitem nicht alle. Aber im hintersten Winkel meines Labors residiert ein ganz besonderer Scient. Dreitausend Gehirne in einem. Er fügt alle Beobachtungen und schriftlichen Erklärungen der Fachscienten zu einem Ganzen. Hat er die Summe aus allem gezogen, ist er überzeugt, mit seinem Verstand das rote Karnickel oder den Menschen in seiner Totalität, seiner Essenz erfaßt zu haben. Man sieht ihn übrigens von hier aus", bemerkte er abschließend und winkte einem seiner Assistenten, der mir ein Fernglas in die Hand drückte.

Tatsächlich, durch den Operngucker konnte ich ganz am Ende des Flurs diesen Doktor Allwissend erkennen. Ein riesiger runder Schädel mit ausdruckslosem, zerknittertem Gesichtchen, dessen Ohren offenbar an den beiden Ebenholzkugeln über der Rücklehne eines erhöhten Thrones festgepinnt waren. Unter dem Kopf baumelte wie ein Fetzen ein kleiner Stoffhampelmann; seine leeren Hosen hingen schlaff über dem karminroten Samt des Sessels. Er hatte das rechte Ärmchen erhoben, ein Draht hielt es fest, und der Zeigefinger deutete zum Zeichen der Gelehrsamkeit

auf die Stirn. Über dem Thron schwebte ein Spruch-
band mit folgender Inschrift:

ICH WEISS ALLES UND VERSTEHE NICHTS

Voller Achtung und Schrecken ließ ich den Operngucker sinken und fragte den Professor:
„Aber der Mensch selbst, was wird aus ihm nach
diesem Test?"
„Der Mensch selbst fällt stets, wie vorhin das rote
Karnickel, unterwegs in einer Mülltonne der Vergessenheit anheim."

28

„Aber alles in allem", sagte ich zu Professor Mumu,
„sind diese Scienten, die Sie mir vorgeführt haben,
kaum von denjenigen zu unterscheiden, die wir in
unserer Sprache Gelehrte nennen."
Er sah mich mitleidig an und antwortete streng:
„Junger Mann, genau das Gegenteil ist der Fall; Sie
bauen zu sehr auf den Anschein. Der Gelehrte macht
etwas Nützliches. Von all seinen durch Erfahrung
bestätigten Hypothesen erhält er nur diejenigen
aufrecht, die ihm selbst und andern nützen können.
Der Scient hingegen sucht die sogenannte Wahrheit

an sich, die nicht gelebt zu werden braucht. Ihm ist schnuppe, ob man seine Entdeckung zur Herstellung von Kampfgasen, zur Heilung einer Krankheit, zur Verbreitung intellektueller Gifte oder für die Kindererziehung verwertet. Das ist der Hauptunterschied. Es gibt noch einen andern. Der Gelehrte glaubt nur an das, was er experimentell überprüft hat, und behauptet nur, was ein anderer experimentell nachvollziehen kann. Der Scient seinerseits wendet die experimentelle Methode ausschließlich auf Materielles an. Zwar nehmen einige Scienten in Anspruch, das Denken experimentell zu studieren; doch da sie nur mit Lineal und Waage zu experimentieren verstehen, halten sie mit ihren Instrumenten höchstens Abfälle und materielle Spuren des Denkens fest: Worte, Gebärden, Gegenstände, die jemand verfertigt hat, Bauchgrimmen. Sprechen sie von ‚Denken‘, stellen sie sich eine gerunzelte Stirn und zusammengezogene Augenbrauen vor; Willenskraft ist für sie gleichbedeutend mit zusammengebissenen Zähnen oder mit einem Faustschlag auf den Tisch; Gefühl besagt, daß das Herz unregelmäßig schlägt oder der Atem stockt. Drittens ordnet der echte Gelehrte das Wissen immer der Erkenntnis unter und vertritt die Auffassung, der erste Gegenstand, der erkannt werden müsse, sei der nächstliegende, der von allen Seiten am leichtesten zugängliche und ständig gegenwärtige; der Scient dagegen geht von einem weit entfernten Gegenstand, einem Atom, einem Stern, einer Zahl oder einer abstrakten Figur aus und überschreitet niemals die Grenze, die ihn von dem andern trennt. Mehr noch, der Scient sieht, und das ist sein ganzer Stolz, zugunsten des Entlegenen möglichst weitgehend von sich ab. Er zeiht den Gelehrten des Hochmuts und wirft ihm vor, er halte sich für das Zentrum aller Dinge. Er glaubt blindlings, und das läßt er auch den Knirpsen in der Schule eintrichtern, jeder Mensch sei ein Häufchen Kolloid auf einem matschigen Erdball; das werde von einem Wirbelsturm mitfortgerissen, dessen Zentrum hinwiederum einen imaginären, beweglichen Punkt in der gekrümmten Unendlichkeit eines relativen Raumes umkreise. Der Scient empfindet um so mehr Genugtuung, je weiter er sich und die andern vom Zentrum fernhält.

Anders ausgedrückt, der Gelehrte bemißt alle Dinge nach einem Maßstab in seinem Innern, während der Scient sie aneinander mißt; weil man die Dinge aber nicht aneinander messen kann, muß er sie eben zerstückeln, muß sie, um eine gemeinsame Bemessungsgrundlage für sie zu finden, in verschwindend kleine Fragmente *zerreißen*, daher sein Name.

Sie sehen hoffentlich ein, daß Sie gewaltig danebengehauen haben."

29

Allerdings, da hatte er recht, und ich begann mich zu fragen, ob der Krankenpfleger sich nicht geirrt habe, ob Professor Mumu nicht ein kerngesunder Mensch sei. Um mich zu vergewissern, klopfte ich auf den Busch:

„Herr Professor, Sie haben mich gründlich aufgeklärt. Indessen wäre ich glücklich, wenn Sie mir ein Beispiel eines Gelehrten in Ihrem Sinne nennen könnten."

„Ich kenne nur ein einziges lebendes Exempel", sagte er, „das bin ich selber. Aber ich habe ein Serum entdeckt, mit dem ich alle Scienten heilen werde. Nicht als ob ich behaupten wollte, sie würden dadurch alle zu Gelehrten, aber ich werde nicht ruhen noch rasten, bis auch die allerletzte Mikrobe des Scientismus vom Erdboden getilgt ist."

Ich war im Bilde. Der Krankenpfleger hatte recht. Doch ich hakte neugierig nach:

„Es handelt sich also um eine durch Mikroben verursachte Krankheit?"

„Dem ist so, und besagte Mikrobe hat eine lange Tradition. Dieser Einzeller pflanzte sich am Baume der Erkenntnis schamlos fort. Seit der Erbsünde schlich er sich ins Blut unserer Urahnen ein. Einer solchen Mikrobe kommt man nur mit einer Radikalkur bei: mit dem Saft des Lebensbaumes. Adam hatte sich da rausgehalten: ‚Mir passiert das nicht noch einmal', meinte er. Doch wie kommt man an diesen Saft heran? Nach einem Dezennium Forschungsarbeit kam mir die Erleuchtung. Das gesuchte Serum gab es zweifelsohne seit undenklichen Zeiten; Fachleute stellten es tagtäglich her, und man könnte es, sofern man wollte, in großen Mengen industriell und praktisch ohne Aufwand gewinnen. Sie haben sicher erraten, auf welches altbekannte Naß ich anspiele." Ich dachte: „Redet er vom Wein? Aber dann wäre er ja gesund! Er hat indessen noch keinen gehoben, und alles in allem ist Vorsicht geboten; riskieren wir lieber nicht, ein derart unheilschwangeres Wort in den Mund zu nehmen und als Idiot dazustehen." Ich setzte deshalb eine fragende Miene auf, und der Professor warf mit triumphalem Mitleid hin:

„Das Weihwasser, junger Mann; das Weihwasser! Es wird heute in den Laboratorien faßweise hergestellt; Sie können sich, wenn es Sie interessiert, auf der Stelle davon überzeugen. Selbst der verseuchteste Scient wird durch intravenös gespritztes Weihwasser in ein paar Wochen geheilt. Es versöhnt Wissenschaft und Glauben. In den günstigsten Fällen verläuft die Kur folgendermaßen: Nach der ersten Impfung räumt der Scient ein, die Wunder von Lourdes seien Realität. Nach der zweiten erscheint ihm die Heilige Jungfrau. Nach der dritten anerkennt er die Unfehlbarkeit des

109

Papstes. Nach der vierten geht er zur Beichte und zur Kommunion. Nach der fünften spricht die Hoffnung in ihm: ‚Du wirst ins Paradies eingehen.‘ Nach der sechsten spricht die Nächstenliebe in ihm: ‚Impfe deinen Nächsten, wie du selbst geimpft worden bist.‘ Nach der siebenten wird der Glaube in ihm laut: ‚Du sollst nicht mehr verstehen wollen.‘ Zu diesem Zeitpunkt ist er meiner Meinung nach geheilt. Leider weigert sich die von mancherlei grobem materialistischem Aberglauben verblendete Verwaltung, die Wirksamkeit meiner Kur anzuerkennen, und hält die von mir Geheilten durch Pflege und Ehrenbezeugungen hier fest. Zugegeben, sie legen keinen Wert darauf, hinauszukommen. Sie wollen ausharren, um bei der Heilung ihrer Brüder und Schwestern zu assistieren, und manche sind Hersteller von Weihwasser, heilende Geheilte, kurierende Kurierte, also Priester geworden.

Auch andere Kategorien von Kranken habe ich geheilt. So gaben zahlreiche Verfertiger unnützer Reden ihre fruchtlosen Übungen auf und stellten ihr Talent in den Dienst ihrer Mitmenschen und höherer Wesen. Manche lobpreisen das Weihwasser, andere verherrlichen ihre Rasse, ihre Nation, besingen die Kriegertugenden, den heimlichen Heroismus der Polizei, die Opferbereitschaft des Missionars, den Unternehmergeist des Geschäftsmannes, die Macht der

110

Entsagung und das Glück der Besitzlosigkeit. Doch vor allem muß man anerkennen, was sie unter meiner Anleitung für die Kindererziehung geleistet haben."

30

„Es gibt hier also Schulen?" erkundigte ich mich. „Aber sicher. Es gibt hier Männer und Frauen. Die finden zusammen. Es kommen Kinder zur Welt. Da sie auf Grund ihrer Erbanlagen nur zu gefährdet sind, muß man sie vor Ansteckung schützen. Heute werden die meisten Kinder, sobald sie das Licht der Welt erblickt haben, mit Weihwasser besprengt, und diese einfache Vorsichtsmaßnahme reicht manchmal aus, sie zu immunisieren. Doch wir lassen es damit nicht genug sein. Wir haben das herkömmliche pädagogische System völlig umgekrempelt. Vier Ausbildungsmannschaften kümmern sich jeweils um Körpererziehung, Kunsterziehung, wissenschaftliche Bildung und Religionsunterricht. Erstere hat den Körper wieder in seinen Rang und in seine Rechte eingesetzt. Ein Viertel des Tages verwendet ein Kind tatsächlich darauf, Abhandlungen über Turnen, Handbücher über alle möglichen Sportarten und Memoiren großer Champions zu studieren; sie sind mit gereimten Eselsbrücken und vielen Abbildungen gespickt. Auf diese Weise hat sich selbst das schwächlichste Kind nach zwei Jahren über alles, was man in bezug auf Körperkultur wissen sollte, ohne Anstrengung oder Zeitverlust informiert.

Entsprechende Reformen haben wir in den anderen Fächern eingeführt. Dem Film, dem Grammophon, den Museen und vor allem den illustrierten Büchern haben wir es zu verdanken, daß unsere Schüler jegliche Kunsterfahrung zügig hinter sich bringen, ohne selbst schöpferisch tätig zu sein, desgleichen alles wissenschaftliche Denken, ohne denken zu müssen, sowie alle religiösen Erfahren, ohne sie leben zu müssen. Verfügten wir jedoch nicht über diese Erfindungen der modernen Wissenschaft, hätte auch das Buch allein dieses Wunder vollbringen können."

„Ja", fuhr ich dazwischen (denn es war nicht abzusehen, wann er endlich den Mund hielt), „ja, wie mir gestern Philippe L. sagte: ,Was will man von einem Buch? Es ist ein Taschen-Lehrmeister und hat alle Vorteile eines Lehrmeisters, nicht aber dessen Nachteile.'"

„Sie haben erfaßt, worauf ich hinauswill", sagte der alte Quatschkopf.

Und er redete mir die Hucke voll von einem Wälzer *Über die Schäden des Nachplapperns*, den er selbst geschrieben hatte, worauf er überaus stolz

war, und den sämtliche Schüler auswendiglernen
mußten.

31

Ich schaffte es, mich unter einem handfesten Vorwand zu verdünnisieren. Mit einem solchen Führer,
der am laufenden Band erklärte und schwätzte, kam
ich nicht dazu, selber etwas zu beobachten. Ich wollte
die Sowen aber in Muße studieren; deshalb blieb ich
eine ganze Weile bei ihnen, eignete mir ihre Sprache
an und unterhielt mich mit den Koryphäen unter
ihnen.

Sie werden nun einwenden, alle diese Entdeckungen,
Welten und Abenteuer auf dem engen Raum eines
Dachbodens und während einiger Stunden, das sei
mehr als unwahrscheinlich. Gut. Aber wenn man einen Abend lang gesoffen und Durst gehabt hat, ist
nichts unmöglich. Übrigens, was soll's? Ich rede noch
keine zwei Stunden mit Ihnen. Eine Geschichte, die in
zehn Jahren vor sich geht, kann man in zehn Minuten
erzählen. Ein Bericht, der zehn Minuten dauert, geht
uns wie der Blitz durch den Kopf. Eine Tragödie von
Racine spielt innerhalb von vierundzwanzig Stunden,
braucht aber nur eine Stunde Lektüre, und deren Inhalt läuft manchmal auf einen kurzen Seufzer hinaus.

Ich hätte Ihnen gern alles in zwei Sätzen mitgeteilt. Aber dazu bin ich nicht in der Lage und werde Ihre Geduld belohnen: ich fasse mich kurz.

Mein Krankenpfleger hatte mir empfohlen, im Viertel der Scienten unbedingt die Rechnungsbegleicher zu besuchen. „Aber nehmen Sie sich vor diesen intellektuellen Sirenen in acht!" hatte er mir eingebläut, und diese Warnung erwies sich als angebracht. Besagte nahezu übermenschliche Wesen sammeln die Forschungsergebnisse aller Scienten, reinigen sie von jeglichem sinnlich wahrnehmbaren Inhalt und führen sie auf Zahlen, Figuren und reine Denkoperationen zurück; aus diesen leiten sie mittels Simplifizieren, Eliminieren, Rekonstruieren, Transponieren, Argumentieren eherne Gesetze ab, denen sich die Scienten demütig und dankbar unterwerfen. Die Sprache, die sie sprechen, ist ein wahres Wunder, denn sie ist in einer Weise aufgebaut, daß Falsches oder Unbestimmtes gar nicht ausgedrückt werden kann: was ihnen gestattet, eine einmal gefundene Wahrheit auszusprechen und Schlußfolgerungen aus ihr zu ziehen, ohne weiterhin denken zu müssen.

Insofern würden sie sich nicht von jenen in ihrer Erscheinung menschlichen, hinsichtlich des Intellekts jedoch gewissermaßen göttlichen Wesen unterscheiden, die wir mit dem Ehrennamen „Mathematiker" bedenken. Doch die Rechnungsbegleicher sind ebensowenig echte Mathematiker wie die Scienten echte Gelehrte. Was einem an ihnen gleich auffällt, ist ihre außerordentliche Fähigkeit, stundenlang mit sichtlichem Entzücken und ohne das geringste Anzeichen von Ermüdung zu argumentieren, ohne jemals etwas zu sagen, ohne sich je über etwas zu äußern, doch mit einer logischen Schärfe und Eleganz, daß selbst das trägste Gehirn dem Zauber ihrer kristallklaren Ausdrucksweise verfällt.

Von den Mathematikern unterscheiden sie sich vor allem dadurch, daß sie ihre Tätigkeit als Rechnungsbegleicher und Ausdrucksgesetzgeber als gemeine, sklavische Aufgabe betrachten, die sie, sofern sie sich ihr unterziehen müssen, rasch erledigen, um dann einer Tätigkeit nachzugehen, die ihrer Meinung nach weitaus edler und uneigennütziger ist. In Abwandlung eines Ausspruches eines unserer Zeitgenossen haben sie sich zum Wahlspruch erkoren: „Wir wollen von nichts reden." Ihr Stein der Weisen, ihr höchstes Ziel, das sie nie erreichen und auf das ihre ganze Forschung ausgerichtet ist, besteht in einem perfekten System, das sich auf keine menschliche Erfahrung mehr anwenden ließe, also im höchsten Grade unnütz wäre. Aber wie jedes uneigennützige Ziel rückt auch dieses mit jedem Schritt, den sie ihm entgegengehen, weiter in die Ferne: Erfinden sie Zahlen, die sich durch Ziffern nicht darstellen lassen, spalier- oder korkenzieherförmige Räume, Geometrien mit variablen Dimensionen, Ebenen mit Löchern und Höckern oder unstetige Essenzen – immer taucht früher oder später ein Scient auf, der entdeckt, daß diese willkürlichen Konstruktionen bislang ungeklärten Phänomenen der physikalischen Welt genau entsprechen. Denn Mathematik und Poesie haben eins gemeinsam: ihre Kraft bleibt erhalten, selbst wenn sie sich durch den Mund eines unbewußten Menschen äußern; sie denken sich in einem solchen Fall selbst, anhand seiner Person, wobei er weiter nichts ist als ein Besessener, ein Irrer, ein Inspirierter, wie Sokrates in *Ion* den Dichter sieht.

Um ein Haar hätte ich mich, wie erwähnt, von diesen intellektuellen Sirenen verführen lassen, insbesondere aber von einer, einem jungen, geistig überaus regen Menschen, dessen Körper fast durchsichtig geworden war, weil der Mann, der in ihm steckte, ihn vollkommen vergessen hatte. Die großen Linien der von ihm konzipierten Theorie lassen sich folgendermaßen umschreiben:

Der Mathematik als Wissenschaft gelingt es nicht, sich ein für allemal von der sinnlich wahrnehmbaren Welt zu lösen, weil sie es unterläßt, aus dem großartigen Satz von Einstein (oder war es Hegel?), der erkannte Gegenstand werde durch den Akt des Erkennens verändert, die letzten Konsequenzen zu ziehen. Jedes mathematische System muß demzufolge nicht nur den Raum mit seinen drei nicht richtunggebundenen Dimensionen sowie die Zeit mit ihrer einzigen Richtung einbeziehen, sondern auch das Bewußtsein mit seinen beiden auseinanderstrebenden Richtungen: Sein und Nicht-Sein, man könnte auch sagen, Bewußtsein und Unbewußtsein, Schöpfung und Mechanik; man muß also die sinnlich wahrnehmbare Welt innerhalb eines *Kontinuums* mit drei Dimensionen und drei Richtungen sehen, damit man sie mittels der zersetzenden Kraft der Abstraktion auf nichts reduzieren kann.

Die erste Aufgabe bestand darin, den beiden Bewußtseinsrichtungen zahlenmäßig Ausdruck zu verleihen. Nun – weshalb war man nicht schon früher darauf verfallen? – gibt es zwei Reihen ganzer Zahlen: die mechanische, auf Wiederholung beruhende oder additive Reihe, die man durch wiederholte Addition von Eins erhält: 1, 2, 3, 4, 5 . . . – eine Reihe, die man ohne Überlegung, zum Beispiel mit Hilfe einer Rechenmaschine produzieren kann; und andererseits die konstruktive Reihe jener Zahlen, die man miteinander vervielfachen muß, damit sich alle anderen daraus ergeben, die selbst aber nicht durch Multiplikation produziert werden können, Zahlen, deren jede eine absolut neue, unvorhersehbare Tatsache darstellt, man nennt sie zu Recht ‚Primzahlen‘; diese

Reihe, 1, 2, 3, 5, 7, 11, 13 ... ist immer das Ergebnis eines Denkaktes; keine Maschine wird jemals eine unbegrenzte Reihe von Primzahlen ausschütten können.

Die Aktivität des Bewußtseins bewegt sich demnach mit ihren variablen Kurven in einem rechtwinkligen Koordinatensystem, dessen Abszisse durch die Reihe der ganzen Zahlen, also die mechanische Reihe 1, 2, 3, 4, 5 ... und dessen Ordinate durch die Reihe der Primzahlen, also die schöpferische Reihe 1, 2, 3, 5, 7, 11 ... gebildet werden. Diese Kurven verbinden sich ihrerseits mit den anderen Koordinaten unseres Kontinuums und entwerfen die eigentliche Figur jener Phänomene, wie sie sich aus dem reziproken Ineinandergreifen von Erkennendem und Erkanntem ergibt.“

An dieser Logik war nicht zu rütteln, und hätte ich lediglich die Ohren meines Intellektes gespitzt, wäre ich sicher auf ewig berückt gewesen von diesen Sirenentönen. Doch eingedenk der Gefährten des Odysseus stopfte ich mir dicke Wattebäusche aus gesundem Menschenverstand in besagte Ohren und spitzte ein anderes Ohr – das Ohr des Vertrauens, das richtige Ohr –, da hörte ich nur die Stille dröhnen. Mein sogenannter Mathematiker dachte überhaupt nicht; selbst wenn er die Reihe der Primzahlen herunterschnarrte, die er bis 101 im Kopf hatte.

118

(Aber kann man überhaupt „im Kopf" sagen? Nun, um so schlimmer, der Ausdruck ist halt gebräuchlich.)

32

Zwischen den Laboratorien der Scienten und den Klausen der Sowen pendeln recht zweideutige Erklärer, die abwechselnd von beiden Seiten vor die Tür gesetzt werden. Sie schmeicheln den Scienten, indem sie Lineal und Waage zücken, und den Sowen, indem sie ihre Verachtung des Unmittelbaren und Naheliegenden zur Schau stellen. Manche, von denen mir Professor Mumu erzählt hatte, nennen sich „Psychographen"; das Wort leitet sich von *psyche* ab, einer Art großem, beweglichen Spiegel, mittels dessen sie beobachten, ohne daß man sie selbst sieht. Das Taschenwörterbuch, das mir der Krankenpfleger überlassen hatte, definierte „Psychographie" als „Wissenschaft von den Denkresten eines andern" und „Denken" als „all das, was beim Menschen noch nicht gewogen, gezählt und gemessen worden ist". Um das Wohlwollen der Scienten zu gewinnen, suchen die Psychographen Spuren des „Denkens" vor allem dort, wo es versagt oder zumindest überall da, wo es ihrer Meinung nach versagt: bei Kindern, Irren und sogar bei Tieren. Der normale, erwachsene Mensch interessiert sie kaum, denn um ihn zu erkennen, müßte man ihn verwirklichen; sie hingegen wollen „reine Spekulierer" bleiben.

Genau wie Politologen und Anthropographen, die in der Abgeschiedenheit ihrer Studierzimmer anhand der Berichte von Forschungsreisenden, Missionaren und Historikern ferne oder untergegangene Gesellschaften studieren: Papuas, Irokesen, Arandas, Hettiter, Akkader, Paläoschweizer, Sumerer, Hottentotten, Protobelgier und andere. Über die Gesellschaft, in der sie leben, lassen sie kaum ein Wort fallen, sie nehmen sie hin oder nutzen sie aus, und zwar mit dem Argument „andernfalls wären wir Politiker". Um die normale menschliche Gesellschaft der Erwachsenen kümmern sie sich nicht; denn um sie zu erkennen, müßte man sie verwirklichen, und sie interessieren sich einzig für die „reine Wahrheit".

Andere, die Philophasisten, studieren die Sprachen fremder Länder und vergangener Epochen; dabei sind sie nicht in der Lage, sich in ihrer eigenen Sprache mündlich oder zumindest schriftlich genau auszudrücken. Denn Sprache muß verwirklicht werden; sie aber sind, wie sie versichern, keine Praktiker, sondern „reine Gelehrte".

Andere verfassen Abhandlungen über unnütze Dinge, und ihr Name klingt, wie wenn man niest. Die Äschthetschen reden des langen und breiten über die

Hervorbringungen anderer; sie selbst sind nicht schöpferisch, denn sie leben im Bereich der „reinen Erkenntnis".

33

Alle diese Leute ödeten mich an. Lustiger fand ich die Logologen, das heißt die Erklärer von Erklärungen; sie zerbrechen sich den Kopf über die Äußerungen anderer, die sie zu entschlüsseln versuchen, um daraus eine unnütze, inhaltlose Wahrheit abzuleiten. Es lohnt sich, die erste Unterhaltung mit einem von ihnen zu schildern. Ich entdeckte ihn durch ein halb geöffnetes Fenster, er saß, die Füße in einem Bottich mit warmem Wasser, an seinem Arbeitstisch vor überaus komplizierten Rechenmaschinen, auf dem Kopf ein Stück Eis, das er mit Bandagen festgebunden hatte. An der Straßenecke war gerade eine neue Straßenlaterne angegangen, und man hatte einen leistungsfähigen Ventilator eingeschaltet. Es schien mir deshalb angebracht, ihm zuzurufen:

„Schönes Wetter, was?"

„Einen Augenblick mal", sagte er, und sah auf. Dann, nach einer Minute des Nachdenkens:

„Man muß sich folgendermaßen ausdrücken: Schönes Wetter ist angenehm. Heute herrscht schönes

Wetter. Also ist das herrschende Wetter angenehm. Syllogismus nach dem Schema *Barbara*. In der Tat, mein Herr, Sie hatten recht. Schönes Wetter!"

Damit waren wir gut Freund. Er fuhr fort:

„Aber um Ihrer Behauptung den Rang eines universalen Gesetzes zu verleihen, müßte ich einige Berechnungen anstellen. Kommen Sie also in einer Viertelstunde wieder."

Während er sich an einer seiner Maschinen zu schaffen machte, räkelte ich mich unter einem Musikpavillon und kehrte dann zurück. Er hielt mir ein Heft mit maschinengeschriebenen Blättern unter die Nase; das erste sah folgendermaßen aus:

Wetter: W   herrschendes Wetter: hW

schön: sch   angenehm: a

Ich: I   (Verneinung): ′

BEHAUPTUNG:

$(W = sch > a/I)\ (hW = sch) > hW = a/I + a/I'$

POSTULAT:

Die Höflichkeit (H) erfordert die Bejahung einer naturgegebenen Gemeinschaft der Subjekte unter der Beziehung, die uns interessiert, oder:

$H(I + I') > (a/I = a/I')$.

BEWEIS:

$W > (W \times I)\ (W \times I')$

und

$(sch = a)/I + (sch = a)/I' < H(I + I')$

folglich:

$(hW = sch) > hW(I = H) \times hW(I' + I) \times a \times H$

$a \times I' = (H \times I)\ (a/I)$

und, auf Grund der Absurdität von:

$(sch = sch') > (I = I') \times H'$

und von

$H' \geq 1 \times aI$,

ergibt sich:

$(hW = sch) = a \times I' = 1 \times (H \times H') \times (hW.a + I.H)$

. . .

So ging es fünf Seiten lang weiter. Ich tat so, als studierte ich sie, und der Logologe sagte zu mir:

123

„Jeder x-beliebige hätte sich also mit Recht so wie Sie ausgedrückt, und ich freue mich mit Ihnen – es handelt sich dabei um eine logische, erwiesene Freude – über das schöne Wetter."

Unterdessen ging die Straßenlaterne aus, weil eine Sicherung durchgebrannt war, der Ventilator stand still, überhaupt war das Wetter gar nicht schön gewesen, ich hatte das einfach so gesagt, doch ich wollte ihm nicht widersprechen. Ein bißchen verstimmt war ich schon, weil er mich mit „jedem x-beliebigen" zusammengebracht hatte; ich will mich nicht etwa aufspielen, das liegt mir fern, aber „jeder x-beliebige" bin ich nicht. In einem gewissen Sinn jedoch ist die Wahrheit der Logologen tatsächlich die Wahrheit jedes x-beliebigen.

34

Die eigentlichen Sowen sind imaginäre Reisende auf der Suche nach ihrer Göttin Sophie. An ihren Sesseln klebend, verbringen sie ihr sogenanntes Leben mit kartographischen Arbeiten, kartographischen Freuden. Einer von ihnen schilderte mir seine Laufbahn, die ich kurz zusammenfassen will.

Als er einigermaßen erwachsen war, zum Zeitpunkt, wo man in die Arena steigen muß, bekam er es mit der Angst zu tun und zog sich in sein Schneckenhaus zurück. In seinem Schneckenhaus verlor er sich in Kindheitserinnerungen, zumal in das ergreifende, undeutlich schimmernde Bild der unseligen Sophie. Da er unbeobachtet war, hatte er kein bißchen Hemmungen, sich vorzunehmen, „die werde er sich anlachen". Zuerst aber mußte er ein genaueres Bild von ihr entwerfen. Er verlieh ihr alle Charaktereigenschaften, die ihm abgingen. Er war ein Hasenfuß, ein Schwächling, sie war stark und heiter. Er war beschränkt und linkisch, sie unermeßlich und anmutig. Darauf begab er sich an seinen Arbeitstisch und ließ sich alle im Laufe der Jahrhunderte von Sophies Verehrern hinterlassenen Dokumente kommen. Jahrelang reiste er auf der Stelle, indem er mit dem Bleistift auf den Karten die von seinen Vorgängern zurückgelegten Wege nachvollzog. Als er schließlich auf Neuland und die Meere der Finsternis stieß, sagte er sich: „Jetzt ist es an mir, Kompaß und Sextant hochzuhalten." Und er erfand selber Gegenden, zeichnete sie auf den Karten ein und durchstreifte sie dann kreuzvergnügt mit der Lupe. Ich erzähle Ihnen die Geschichte auf meine Weise. Er selbst war felsenfest von der Realität seiner Reisen überzeugt und sah sich unmittelbar vor dem Ziel.

Manche bildeten sich auch ein, sie hätten ihr Ziel bereits erreicht, und vermittelten ihren Jüngern die

Kunst der Pilgerschaft im eigenen Heim. Ein Blinder sprach von Sophies blühendem Teint. Ein anderer, der sich die Ohren mit Watte verstopft hatte, behauptete, ihre klangvolle Stimme zu vernehmen. Wieder ein anderer, der es nicht einmal bis zum Lügner gebracht hatte, redete von der Wahrheit. Auf Grund eines unfreiwilligen Wortspieles behaupteten alle, sie seien Philosophen; viele hielten sich sogar für Weise, und ein paar hatten in der Tat Köpfe wie Weise, Köpfe, die locker auf die Schultern von Säuglingen geschraubt waren.

35

Ein Grüppchen von Internierten hatte sich bei den Sowen, die das ungern sahen, um einen jungen Tibeter geschart; sie betrachteten ihn als ihren Meister. Dieser Asiate hieß Nakiñtchanamoûrti, was auf Sanskrit „Inkarnation-von-absolut-nichts" bedeutet. Ich sah ihn zufällig. Er machte nicht den Eindruck eines Kranken, vielleicht war er nur ein bißchen zu sanft, und ich vermute, daß er auf Grund von Machenschaften seiner sogenannten Jünger gegen seinen Willen da festgehalten wurde. Diese sahen in ihm den Inbegriff aller Weisheit, und er antwortete ihnen: „Lasset mich in Ruhe. Ich habe euch nichts zu lehren.

Geht von dannen. Ein jeder suche für sich selbst",
und andere, genauso vernünftige Dinge.

Die Jünger jedoch, besonders die Frauen, machten
Froschaugen, setzten eine inspirierte Miene auf und
deuteten die Worte des Meisters gemäß ihrem angeblich esoterischen Gehalt. Wie unser Taschenwörterbuch erklärte, bezeichnete dieser Ausdruck „einen
verborgenen, schmeichelhaften Sinn, den man unangenehmen Worten unterstellt, um sie sich schmack-
haft zu machen".

„Überlegt euch", sagte eine alte Vettel, „den ersten
Satz, den unser Meister geäußert hat: ‚Lasset mich in
Ruhe.' Vier Wörter: Das ist das kabbalistische Tetra-
gramm, das vierfältige Heilige Buddha-Gurus, den
die Griechen Büddhagoras nannten. ‚Lasset' steht,
zieht man die Grammatik heran (eine einst heilige
Wissenschaft), in der zweiten Person. ‚Mich' bezeichnet die erste Person, und die Präposition ‚in' verweist
auf die dritte Person: Bild der Dreifaltigkeit. Bedenkt
übrigens, daß ‚lasset', zweite Person, zwei Silben hat,
und daß der Meister mit der zweiten, nicht mit der
ersten Person beginnt, um anzudeuten, daß unser
Ausgangspunkt, unser menschlicher Ausgangspunkt,
die Dualität und der Kampf sind. Dann kommt die
erste Person, das heißt, wir erheben uns zum Begriff
des ‚Ich', das die Dualität überwindet. Schließlich
überschreiten wir mit der Präposition ‚in', die zwei

127

Buchstaben in einer Silbe vereint, die Ich-Illusion, um uns mit der impersonalen Realität zu identifizieren. Das vierte Wort, ‚Ruhe', das der trinitätischen Trennung nicht mehr untersteht, bezeichnet den Zustand, der erreicht worden ist, wenn man die drei vorhergehenden Stufen hinter sich hat. Diese vier Wörter enthalten noch weitere Arkana, die jedoch nur den Eingeweihten zugänglich sind. Mit diesem einfachen Satz ist alles ausgedrückt. Nur ein Gott findet solche Worte."

Dann ging sie zum nächsten Satz über und verfuhr so mit jedem Ausspruch, den der Meister gegen seinen Willen laut werden ließ, zum allgemeinen Entzücken der Jünger, die der unselige Tibeter nicht mehr abwimmeln konnte.

36

Ich fand mich ohne weiteres zurecht. Man brauchte nur auf die Kathedrale zuzugehen, deren Turmspitze aus Pappe sechshundert Meter in die Höhe ragte. Doch sie war nicht geraden Weges zu erreichen. Ich mußte durch Viertel hindurch, in denen lauter Kapellen, Kalvarienberge, Kirchen, Mausoleen, Basiliken, Pagoden, Dagobas, Stupas, Moscheen, Synagogen, Totempfähle, Mastabas standen – es handelte sich natürlich um Kulissen –, zwischen denen sich ein Maskenzug von Leuten tummelte, die als Priester ganz verschiedener Kulte verkleidet waren. Die einen vollzogen Riten, ohne sie zu begreifen, die anderen erklärten diese Riten, ohne sie zu praktizieren. Die einen gaben Weisheiten in unverständlichen Idiomen, die andern Torheiten in der Umgangssprache von sich.

In diesem Viertel standen die Weihwasserfabriken, von denen mir Professor Mumu berichtet hatte. Die Herstellung der Flüssigkeit ist ein Kinderspiel. Ein paar beschwörende Worte, ein paar Gebärden über einer beliebigen Menge gewöhnlichen Wassers, und schwupp! ist die Verwandlung geschehen. Zugegeben, man muß dabei eine besondere Kluft tragen und sich vorher eine kreisrunde Fläche auf dem Schädel kahlgeschoren haben. Das Wasser wird dann in Näpfchen geschüttet, die am Eingang bestimmter Gebäude eingelassen sind, und die Kranken strömen herbei, tauchen die Finger hinein und benetzen gewisse Stellen ihres Körpers. Die Flüssigkeit wirkt offenbar sogar durch die Kleidung hindurch.

In besagten Gebäuden versammeln sich in regelmäßigen Zeitabständen Menschenmengen, preisen den Namen des Herrn und singen. Den *Namen* des Herrn preisen sie, nicht den Herrn selbst, denn es gibt ebensoviele Herren wie Gläubige (mehr sogar!), und außer diesem Namen haben sie nichts gemeinsam. Der wichtigste Ritus heißt *Gebeug,* sie sprechen das wie *Gebet* aus, doch im Grunde handelt es sich um das Gegenteil dessen, was man früher einmal unter diesem Wort verstand. *Beugen* (ein allgemeinverständliches Wort) bezeichnet das Einknicken der Arme und Beine beim Niederknien; manche polstern sich, wenn sie öffentlich beugen, die Knie insgeheim mit Filzstreifen, gilt es doch als unpassend, mit einem Kissen aufzukreuzen. Dann faltet man irgendwie die Hände, seufzt, windet sich, tut, als sei man betrübt, zerknirscht oder inspiriert, und stammelt schwer verständliche Worte, wobei man seinen Nachbarn von Zeit zu Zeit verstohlene Blicke zuwirft, weil diese geräuschvoll durch die Nase atmen, zu gut angezogen sind, einen besseren Platz abbekommen haben oder nicht zur Stammkundschaft gehören.

Ab und zu versuchen kleine Jungs, den Gestank der Menge mit wohlriechenden Duftschwaden zu übertäuben. Sie schaffen es aber nicht, und schließlich schickt der Zeremonienmeister alle nach Hause, indem er drei lateinische Worte zitiert, die wörtlich bedeuten: „Gehet hin, sie ist gesandt worden." Ich bat zwei Weihwasserhersteller, mir doch zu erklären, *wer* gesandt worden sei. Das hatte verheerende Folgen. Der eine sagte:

„Wer? Natürlich die frohe Botschaft!"

„Was?" fuhr der andere hitzig dazwischen. „Das grenzt an Ketzerei, mein Lieber. Unser Latein ist nicht dasjenige Ciceros, und *missa* ist schon vor den Kirchenvätern als Substantiv bezeugt."

Der erste setzte sich mit einem Tertullian-Zitat zur Wehr, und sie lieferten sich, ohne mich weiter zu beachten, ein wildes Duell mit der päpstlichen Bulle. Ein einziger gut gezielter Schlag mit dieser Zauberwaffe kann einen Weihwasserhersteller so manches Jahr um sein schwarzes Gewand und um seinen Broterwerb bringen.

37

Es wimmelte rundherum von Sowen aller Art. Sehr in Mode waren die Astromanten, Idyllomanten, Chirologen, Iridomanten, Borborygmomanten, Astragalomanten, Molybdomanten, Fritillisten, Rhabdologen, die allesamt zungenfertig Vergangenheit und Zukunft wahrsagten, wobei sie die Gegenwart unterschlugen. Als ich aus Neugier einem dieser Hellseher mein Geburtsdatum nannte, vernahm ich Professor Mumus Stimme.

„Sie vergeuden Ihre Zeit", ermahnte er mich. „Solche Leutchen gibt's wie Sand am Meer. Indessen habe ich die tüchtigsten Manten unserer Epoche wie die Scienten in einem Institut zusammengefaßt, wo sie am Fließband arbeiten. Der Kunde wird da unter die Lupe genommen von Spezialisten für die Konstellation der Gestirne, das Tarot, die Handlinien, Pupillenflecken und Darmgeräusche, für das Knöchelchen- und das Würfelspiel, für Wünschelruten und geschmolzene Bleitropfen, also von Spezialisten für alle Kunstgriffe, die der Mensch anwendet, um Einsicht zu erlangen ohne Einsehen und ohne daß er gesehen wird, um zu Begriffen zu finden, ohne daß er zugriffe oder hergäbe, um Erkenntnis zu horten, ohne daß er geboren würde oder stürbe. Dieses Völkchen fristet mit folgenden Gedanken sein Leben: ‚*Mir, mir* sind die Geheimnisse bekannt, die vom universalen Determinismus befreien ... alles ist der Notwendigkeit unterworfen, *mir* jedoch ist die Initiation in eine höhere Realität zuteil geworden ... der Mensch steckt im Dämmer der Unwissenheit, *mir* aber ist das göttliche Geheimnis offenbart worden ... *mir* ist bekannt ..., *mir* ist es gegeben ... *mir* ist aufgetragen ... *mir* ist ein transzendentes Wesen verliehen ...‘ Wir haben ihnen deshalb den Gattungsnamen *Mirer, Miristen* gegeben, und ihre Beschäftigung bezeichnen wir als *Mirie*; obwohl sie diese Ausdrücke nicht verstanden, haben sie sie übernommen und dabei ein bißchen entstellt zu *Mysten, Magier* und *Magie*. Wenn Sie mit mir kommen wollen ...“

„Danke", sagte ich entsetzt. „Ich will nichts wissen, wenn ich für dieses Wissen nicht bezahlt habe. Übrigens habe ich den Verdacht, daß ich hier wie bei den Scienten unterwegs in einer Mülltonne der Vergessenheit anheimfiele."

„Sie sind scharfsinnig, aber nicht sehr liebenswürdig. Eins dürfte Ihnen jedoch neu sein, nämlich daß hier ein Tiefologe residiert, wie wir die bestallten Müllbeschauer nennen. Sehen Sie ihm zumindest einmal bei der Arbeit zu."

38

Ich ging mit. Der Müllbeschauer hielt sich in einem dezenten Gemach mit schwülen Tapeten auf, das von Nachttischlämpchen spärlich erhellt war. Er stand am Kopfende einer Couch, auf der ein Patien lag, und sagte zu ihm:

„Machen Sie es sich auf dem Sofa bequem. Schließen Sie die Augen. Entspannen Sie sich. Denken Sie an nichts. Überlassen Sie sich diesem Dämmerzustand. Und erzählen Sie mir alles, was Ihnen durch den Kopf geht, ohne etwas zu verschweigen, ohne eine Auswahl zu treffen, ohne darüber zu urteilen. Und lassen Sie sich Zeit dabei."

Fünf Minuten verstrichen in aller Stille, dann sagte

der horizontale Mann: „Hier ist's aber warm." Und er fuhr sich mit der Hand über die Stirn. Der Beschauer kritzelte was in sein Notizbuch und fragte:

„War's Ihnen in Ihrer Kindheit manchmal zu warm?"

„Das kam schon vor. Zum Beispiel, als ich Masern hatte. Da schob mir meine Mutter eine Wärmflasche unters Federbett."

„War das unangenehm?"

„Zuerst brannte es an den Füßen. Dann wurde es angenehm."

„War es immer Ihre Mutter, die Ihnen die Wärmflasche brachte?"

„Jawohl. Das heißt, einmal war's meine Schwester. Aber sie hatte die Wärmflasche nicht richtig zugestöpselt, und so floß Wasser raus."

„Aha, aha", murmelte der Müllbeschauer frohlockend. Rasch warf er etwas aufs Papier und sagte:

„Lassen Sie manchmal Ihren Regenschirm irgendwo stehen?"

„Nein, dieses sperrige und nicht gerade zweckdienliche Ding benutze ich nicht."

„So, so. Hat Ihr Herr Vater einen Regenschirm benutzt?"

„Und ob. Übrigens stand der seinen Mann."

Der Tiefologe notierte wieder etwas und stellte weitere Fragen. Ich sah nicht ein, worauf er hinauswollte.

Ich fand es ziemlich abstoßend, daß ein Mensch sich derart erniedrigte und sich freiwillig verdummen ließ von einem andern, den nichts weiter als sein Titel und sein Ruf empfahlen. Professor Mumu warf mir meine Naivität vor und erklärte mir, der befragte Kranke sei zumindest dem Vorsatz nach ein gemeingefährlicher Krimineller, und wenn er in seiner Jugend nicht so ein Hasenfuß gewesen wäre, so hätte er seinen Vater entmannt, seine Mutter geschändet, seiner Schwester Angst und Schrecken eingejagt und seinen Onkel gräßlich vor den Kopf gestoßen; aber infolge seiner verschleierten Geständnisse könne er von seinen perversen Gelüsten geheilt werden, ja diese würden sich in witzige, bezaubernde Dinge verwandeln, zwischen denen wir bald lustwandeln würden, denn anders als das Sprichwort sage, sei der Weg zum Paradies mit schlechten Vorsätzen gepflastert.

39

Mir kam eine uralte Frage in den Sinn, und ich wollte sie klären, bevor wir die Wohnstätte der Götter betraten. Ich fragte den Professor:
„Wie kommt es, daß hier nicht alles überfüllt ist? Wo bleibt der Überschuß ab? Denn da diese Leute hier nicht richtig leben, können sie auch nicht sterben."

„Auch das haben wir bedacht. Weil Sie mich danach fragen, will ich Ihnen auch eine Antwort darauf geben. Aber das bleibt unter uns."

Er bat mich, unter einem Messingbaum Platz zu nehmen, und begann:

„In der Tat muß man den Tod organisieren, sonst wäre das Leben ein ewiger Teufelskreis. Ein paar Kranke sterben zwar zu guter Letzt an ihrer Krankheit, vor allem diejenigen, die man als Erwachsene hierhergeschafft hat; mitunter geht ein Geschäftiger in die Luft oder wird von seinem Wagen verschluckt, verwandelt sich ein Verfertiger in eine Statue, ein Klavier oder einen Federhalter, oder ein Erklärer wird zum Thermometer oder Bücherwurm. Aber die Jugend, mein Herr, die unsterbliche, hier geborene und aufgewachsene Jugend, wie bringt man sie unter den Rasen? Für diese Jugend hatte man bisher nicht vorgesorgt. Als ich hier anfing, sah ich mich deshalb mit Heerscharen von jungen Leuten konfrontiert, die derart überhandnahmen, daß unsere Krankenhäuser aus den Nähten platzten. Aufstampfend drohten sie, ein allgemeines Massaker zu veranstalten; um ein Haar hätten sie den Fußboden eingetreten, die Decke darunter durchschlagen und wären ins Erdgeschoß gestürzt, wo sie jedermann angesteckt hätten.

Ich mußte Notmaßnahmen ergreifen. Ich berief ein Komitee von Verfertigern unnützer Reden ein und

136

bewog sie, eine Anzahl von Propagandaschriften zu verfassen, die die Jugend darüber aufklären sollten, wie man sich am schnellsten ruiniert.

Die einen empfahlen den brutalen Selbstmord durch Aufhängen, Erschießen, Ertränken oder auf andere Weise; das fand bei zweckdienlich veranlagten intellektuellen Jugendlichen einen gewissen Anklang, aber reichte nicht aus.

Andere befürworteten, teils in Versen, teils in Prosa, den gemächlichen Selbstmord durch Gifte; sie besangen, oftmals mit erheblichem Talent, die friedliche Mumifizierung durch Opium, den dramatischen, stürmischen Verfall durch Haschisch, den in der Lunge kribbelnden Taumel des Kokains, die metaphysische Bestürzung durch Äther und die zerstörerische Wirkung anderer Substanzen. Das wurde ein Bombenerfolg, und er reißt nicht ab. Die Produktion dieser Drogen und der Handel mit ihnen stehen in voller Blüte, und die literarischen Werke, die sie propagieren, gehen weg wie frische Semmeln.

Wieder andere Literaten verfaßten Abhandlungen, die angeblich aus orientalischen Sprachen übersetzt waren und in denen dargelegt wurde, wie man es auf schnellstem Wege erreichen konnte, durch geeignete Diäten und Atemübungen neurasthenisch, neuropathisch, unterernährt und rachitisch zu werden, um schließlich an Schwindsucht abzunippeln. Doch all das zeitigte nur bei der sogenannten intellektuellen oder künstlerischen Jugend einigen Erfolg, während die andern weiterhin ins Kraut schossen.

Da appellierte ich an eine Anzahl führender Geschäftiger, die meinen Fingerzeigen gemäß die organisierte Zerstörung der Jugend in die Hand nahmen. Die Methode ist ganz simpel: Man gewöhnt Kinder zu einem Zeitpunkt, wo ihr Verstand noch nicht entwickelt ist, wo ihre Gefühle noch auf den geringsten Reiz anspringen, an ein Leben in Rudeln, in einheitlicher Kleidung und Ausrüstung, und bläut ihnen durch magische Reden und kollektive Leibesübungen, deren geheime Wirkung wir kennen, den sogenannten ‚Kult des gemeinsamen Ideals' ein: Man geht durchs Feuer für ein autokratisches Großmaul oder für einen bestimmten Dress, irgendeine Parole, eine besondere Farbkombination, das spielt keine Rolle. Man muß dann lediglich zwei feindliche Gruppen junger Leute in dieser emotionalen Spannung großziehen (oder mehrere Gruppen, aber nach Möglichkeit in gerader Anzahl); die einzige Vorsichtsmaßnahme, die zu treffen ist, dürfte sein, daß man ihrem Gehirn keine Zeit läßt, in Funktion zu treten. Aber das ist kein Problem. Wenn die dann soweit sind – kapieren Sie? –, läßt man sie aufeinander los ... Anschließend kann man eine Weile verschnaufen. Auf diese Weise kommen außerdem die Fabrikanten und Verkäufer

138

von Uniformen und Waffen auf ihre Kosten sowie die Einpeitscher zu solchen Metzeleien; einer von ihnen schrieb neulich: ‚Ein junger Mann, der nicht in seinen besten Jahren fällt, ist kein junger Mann mehr, sondern ein künftiger Tattergreis.'"

40

Ich wunderte mich, daß ich es die ganze Zeit ausgehalten hatte, ohne mir einen hinter die Binde zu gießen. Das konnte nicht mehr lange gutgehen, und so sagte ich mir:

„Die Götter, wie der Kerl da sie nennt, Mann, die läßte einfach weg. Alles Jacke wie Hose. Lieber kehrste schnurstracks um."

Ich wollte gerade die Stufen der Kathedrale, die ich hinaufging, wieder hinuntersteigen, da stand ich meinem Freund, dem Krankenpfleger, gegenüber. Er war wie verabredet pünktlich eingetroffen.

„Sie können den Weg, den Sie gekommen sind, nicht zurückgehen. Das würde eine Ewigkeit dauern. Hier lang geht's schnell. Und dann, denken Sie an ihre künftigen Hörer. Die wären doch gar zu enttäuscht."

Damit meinte er Sie, und dieses zweite Argument fiel nicht weniger ins Gewicht als das erste. Trotzdem habe ich Bedenken, daß Sie enttäuscht sein könnten.

Ich jedenfalls war es. Die Außenwände der Kathedrale waren mit einem ganzen Statuenfries aus Pappmaché geschmückt; er stellte offenbar alte Götter dar. Denn Götter aus Fleisch und Blut kommen erst auf ihre alten Tage dahin; streiken ihre Körper (man nennt sie dann merkwürdigerweise „sterbliche Überreste"), entledigt man sich ihrer, nachdem man solche Bildnisse von ihnen angefertigt hat. Sie üben aber kraft vermittelnder Götter aus Fleisch und Blut, welche man als Sprachrohr der Pappmaché-Götter betrachtet, ihre Macht weiterhin aus. Das ganze System ist übrigens hochkompliziert. Jede Kategorie von Flüchtigen beordert einen Vertreter, der unter den Göttern oder, wie man auch sagt, unter den Oberen seinen Sitz hat. Es gibt also einen Obergeschäftigen, einen Oberspieler, einen Obermaler, einen Oberpwatten, einen Oberscienten, einen Obersowen und so weiter. Jeder wirkt in seinem Fach gesetzgebend.

Eine Art Kirchendiener öffnete uns das Portal; wir gingen durch die Windfangtür des mit Stoff ausgeschlagenen Vorraumes und betraten das Kirchenschiff. Eine Heerschar von Gläubigen und Gehilfen machte sich mit den Göttern zu schaffen, die zu zwölft mitten im Chor auf Sesseln um ein Loch herum saßen, aus welchem Dämpfe qualmten, wie es schon Lucian beschrieben hat. Zwei trugen mit Tressen besetzte

Uniformen und einen Degen am Gürtel; wie ich erfuhr, kodifizierte der eine die Massenabschlachtungen, der andere die Grammatik. Die übrigen steckten in gewöhnlichen Anzügen, nur der Oberpapst trug einen roten, auf dem Rücken mit einem gestickten Salomonssiegel verzierten Lamamantel, eine mit einem Halbmond geschmückte Mitra, japanische Sandalen mit dicken Sohlen und am Gürtel das Messer eines Eingeweidebeschauers, ein Kruzifix sowie verschiedene andere seltsame Requisiten. Alle waren alt, jedenfalls sahen sie so aus. „Wissenschaftlich jedoch bestimmen wir das Lebensalter eines Menschen auf Grund des Verhältnisses zwischen dem, was er leistet, und dem, was er empfängt", erläuterte der Krankenpfleger. „So betrachtet, handelt es sich bei denen, Sie sehen es ja selbst, um kleine Kinder."

41

Die Oberen beugten sich über die Falltür, sogen gierig Loblieder und aufsteigende Rauchschwaden ein und konnten sich an den ehrerbietigen Gebärden, mit denen die Leute da unten sie anbeteten, nicht sattsehen. Offenbar war das ihre einzige Nahrung; sie setzten Speck an bei Nennung ihrer Namen.
Mir wurde ganz schwach, so bewegt war ich, als ich

mich der Öffnung näherte und in weiter Ferne Totochabos Stimme vernahm; er diskutierte immer noch da unten. Vielleicht waren auch der heraufziehende Weingeruch und die Alkoholdämpfe daran schuld, die ich, beunruhigt mußte ich es mir eingestehen, ekelerregend fand. Es sauste mir in den Ohren, als ich ihn mit seiner etwas näselnden Stimme sagen hörte (doch dann zweifelte ich wieder, ob es wirklich seine Stimme war):

„Das Wort ,Taglufon', das ich jetzt im Augenblick erfinde, als Beispiel für ein willkürlich gebildetes Wort, oder das Adjektiv ,unqualifizierbar' oder der Satz ,Ich lüge' oder gar das Wort ,Wort' sind, wie unser großer Oberlinguist sie nennt, urobore Ausdrücke, das heißt, sie beißen sich wie die berüchtigte Schlange in den Schwanz."

Als der Oberlinguist hörte, daß sein Name fiel, fuhr er zusammen, blühte auf und nahm beträchtlich an Leibesfülle zu. Ohne daß er direkt dazu verpflichtet gewesen wäre, wollte es in einem solchen Fall der Brauch, daß er sich für diesen Glorienschmaus irgendwie bedankte. Er kritzelte etwas auf einen Zettel, und da er ihn einen Augenblick über dem Loch festhielt, bevor er ihn flattern ließ, konnte ich unter seinen Stuhl kriechen und die Nachricht entziffern:

142

„Wir erklären hiermit ab heute in allen Schulen die häufige Anwendung uroborer Ausdrücke zum Obligatorium.

Gez.: Oberlinguist."

Der Gott der Sprache zog noch zwei-, dreimal die Dämpfe eines Punsches ein, den man ihm zu Ehren da unten braute, und tippte dem Oberscienten leutselig auf die Schulter:

„Nun, lieber Herr Kollege", sagte er zu ihm, „der Uroborismus macht jetzt Schule. Wie wollen Sie ihn in Ihrer Sparte anwenden?"

„Wir praktizieren ihn bereits", sagte der andere. „Wir erklären zum Beispiel, daß die Kuh kein Fleischfresser ist, weil sie sonst keine Kuh mehr wäre; daß sich die Erde um die Sonne dreht, weil diese in einem der Brennpunkte der Ellipse steht, die der Erdball beschreibt; daß der Mensch das Glück sucht, weil er über einen positiven Eudämonotropismus verfügt; daß Eis auf Wasser schwimmt, weil es ein geringeres spezifisches Gewicht hat, und daß zwei plus zwei immer vier macht, weil alles andere absurd wäre. Erst kürzlich hat einer unserer Scienten dem ,operativen Begriff' zum Durchbruch verholfen, bei dem es sich ihm zufolge um einen Begriff handelt, der identisch ist mit der Operation, die man ausführen muß, damit er zustandekommt: wie der Begriff eines Maßes identisch ist mit dem Akt des

Messens. Sie sehen, wir sind waschechte Uroboristen."

„Und wir sind auch nicht von gestern", sagte der Oberpwatt. „Als einer meiner Schützlinge vor einigen Jahren seinen Kollegen die Frage stellte: ‚Warum schreiben Sie?', antworteten dem Sinne nach fast alle: ‚Um uns auszudrücken', oder: ‚Wir müssen einfach.' Einer erklärte sogar: ‚Aus Schwäche'. Der verstand sich übrigens meisterhaft darauf, Worte aneinanderzureihen, deren strahlendes Satzende, wie er sich ungefähr ausdrückte, von einer Schlange verschluckt wurde, die er selbst gerade angeknabbert hatte. Ein einziger erlaubte sich die zynische Bemerkung, er schreibe, ‚damit eine Begegnung stattfinde', aber auf eine Begegnung mit dem war niemand scharf, und im übrigen haben wir ihn exkommunizieren lassen."

Unter den Göttern verbreitete sich allgemeine Genugtuung. Jeder bemühte sich, noch uroborer zu sein als der andere.

Der Oberherrscher, der gleichfalls gebeten wurde, seinen Uroborismus unter Beweis zu stellen, hielt sich die Hände trichterförmig an den Mund und trompetete seinen Anhängern durch die Falltür zu:

„Treibt Wehrsport! Denn der Sportler von heute ist der Soldat von morgen. Der Soldat von morgen wird den Angreifer zurückschlagen und gleichzeitig der Industrie seines Landes neue Absatzmärkte erschließen. Die Industrie wird florieren, das Land prosperieren und kann deshalb Vereine für vormilitärische Ausbildung gründen, damit unsere Soldaten von übermorgen den Angreifer zurückschlagen und gleichzeitig neue Absatzmärkte erschließen ..."

Man schaffte die Wiederholungsmaschine herbei. Mir ging mein ganzes Leben bis zum gegenwärtigen Tag dunkel durch den Sinn, und ich spürte, wie in meinem Gedächtnis hundert Erinnerungen an urobore Schlangen kreisten. Ich erinnerte mich an Besäufnisse, die uns Durst machten, und an Durst, der uns in den Suff trieb; an Sidonius, der seinen endlosen Traum erzählte; an Leute, die arbeiteten, um sich zu ernähren, und die aßen, um genügend Kraft zur Arbeit zu haben; an schwarze Gedanken, die ich elendiglich in einem Faß ersäufte und die in anderen Farben wiederauferstanden. Ich würde nie mehr wählen können zwischen dem Teufelskreis des Besäufnisses und demjenigen der künstlichen Paradiese, ich würde mich nicht mehr einreihen können, ich war ein trostloser Fall.

42

„Was mich angeht", ließ der Oberpapst gewichtig verlauten, „so ist mein Gesetz einfach, ihr kennt es, und ich bestehe darauf: Handeln, ohne zu wissen; Wissen, ohne zu handeln. Wenn die da unten zu verstehen anfingen, was sie tun, und tun würden, was sie verstehen, kämen sie auf den gleichen Dreh wie jene Frau, die mit einer Fackel und einem Eimer Wasser anrückte und einem frommen Mann, der sie darob befragte, erklärte, das Feuer sei dazu da, das Paradies niederzubrennen, und das Wasser, die Hölle zu löschen, damit die Menschen endlich täten, was sie tun sollten, ohne Hoffnung oder Furcht im Hinblick auf ihre Zukunft, sondern um des Lebens selbst willen. Wir würden dann alle gebraten . . . oder ertränkt, je nachdem", fügte er maliziös hinzu.

Alle Götter lachten schallend, erhoben sich und begannen um das Loch herumzutanzen. Ich wurde heftig angerempelt, mitgerissen, zu Boden geschleudert und von den tanzenden Füßen getreten. Das war so widerlich, so unwirklich, daß mir alles schnuppe war, ich versuchte mich weder aufzurichten noch anzuklammern – plötzlich befand ich mich am Rand der Falltür, in der Schwebe wie ein dürres Blatt, das den nächsten Windstoß erwartet, egal, woher er kommt, und der nächste Tritt beförderte mich hinunter. Im Fallen hörte ich noch, wie mir der Krankenpfleger nachrief:

„Nur so lange, wie Sie brauchen, es sich vorzustellen; hatte ich nicht recht?"

146

DRITTER TEIL

Das gewöhnliche Tageslicht

1

Ich brach mir nichts, denn ich plumpste auf einen Strohsack. Nur war ich wie vor den Kopf geschlagen, als ich feststellte, daß ich aus knapper Mannshöhe heruntergekollert war; die Falltür befand sich nur zwei Meter über dem Fußboden. Ich hatte verschwommen etwas wie einen Höllensturz durch vierzehn Abgründe erhofft, etwas Ruhmvolles, Katastrophales, und nun handelte es sich um nichts weiter als um eine kleine Erschütterung wie in einem Autobus, der zu hart bremst. Ich war darauf gefaßt, mit homerischem Gelächter empfangen zu werden. Aber es blieb ganz still. Das Zimmer war leer und, wie ich erst jetzt bemerkte, nicht größer als eine Kammer in einem Landgasthof. Inmitten ihrer erstarrten Tränen flackerten noch ein paar Kerzen. Zerbrochene Flaschen, Töpfe, Krüge, zwei, drei leere Fäßchen, Zigarettenstummel, Konservendosen, Gläser und Tassen, die durcheinander auf dem Boden lagen, bewiesen zur Genüge, daß das Besäufnis nicht nur ein Traum gewesen war.

Doch wo blieben die Trinker? Wahrscheinlich hatten viele einen Fluchtversuch unternommen, verweilten also da oben, woher ich kam, unausgesetzt mit ihren Geschäften, mit Verfertigen oder Erklären befaßt. Manche mochten bloße Projektionen meines Geistes gewesen sein, vor allem die zwei, drei Kameraden, an die ich jetzt mit Bedauern dachte; vielleicht hatte ich sie erfunden, um mir meine Einsamkeit zu verheimlichen, während sie wie ich selbst, jeder für sich allein in seinem Haus, an irgendeinem Punkt des Erdballs eingesperrt waren (wenn es sich überhaupt um einen Punkt, um einen Erdball handelte). Und der Alte, der immer wieder von der Macht der Wörter redete? Der war wohl eine Ausgeburt meines Hirns, meiner intellektuellen Ticks, und hatte mich schließlich einen Augenblick zum Schweigen gebracht, indem er mir meine eigenen Sophismen immer wieder um die Ohren schlug. „Halt die Klappe, verstanden!" hatte er geschrieen, und diese Worte hallten in meinem Kopf nach, ich höre sie noch immer von Zeit zu Zeit, in gewissen Augenblicken, wenn ich mich gehenlasse und genüßlich drauflosschwatze.

2

Ich stand also auf und suchte zunächst etwas zu trinken. Aus dem zusammengeschütteten Bodensatz mehrerer Flaschen mixte ich ein ziemlich ekelerregendes Getränk, das mich aber wieder etwas auf die Beine brachte.

Ich ging im Zimmer herum. Es gab keine Tür nach draußen. Ich war eingesperrt wie eine Biene in einem Panzerschrank. Durchs Fenster konnte ich nur dicke eiserne Gitterstäbe und in den Scheiben mein Spiegelbild erkennen. Ein steiles Treppchen führte zu einem Hängeboden, wo ich lediglich ein altes eisernes Bett und ein paar Koffer voller alter Bücher aufstöberte; das war alles, was von den künstlichen Paradiesen übrigblieb, das war die gesamte materielle Wirklichkeit dieses Wahngebildes. Auch hier war die Dachluke fest vergittert. Draußen herrschte stockfinstere Nacht.

Ich ging wieder hinunter und kümmerte mich um das Kaminfeuer, das am Erlöschen war. Die Brennholzbehälter waren leer. Zögernd nahm ich den ältesten Stuhl auseinander. Das Stroh der Sitzfläche entzündete sich im Nu an der Glut. Bei den Sprossen und der Rücklehne blies ich mir fast den Verstand aus dem Kopf. Das kümmerliche Feuer war am Ende, war entschlossen, Hungers zu sterben, oder zierte es sich etwa nur? Nun leckt es an einem Stück alter Eiche hoch, reißt kleine braune Krater in den Lack, schwärzt das Holz, das sich mit einem Gewimmel glühender Punkte überzieht, und plötzlich bellt es, streckt eine rote Zunge heraus und packt die Sprossen

mit den Zähnen. Dann wurde es wild und unersättlich. Ich mußte ihm die Bissen in den Mund zählen,
denn der Brennstoff war nicht unerschöpflich, und ich
hatte, wer weiß weshalb, das bestimmte Gefühl, ich
müsse das Feuer bis zum Sonnenaufgang fristen.

3

Die drei Stühle wanderten nacheinander ins Feuer.
Dann ein Sessel, dann die Dauben der leeren Fässer,
dann der Strohsack.
Nach jedem dieser Brandopfer drückte ich mir die
Nase an der Fensterscheibe platt. Draußen nichts als
tiefe Finsternis. Und ich, der ich mich für einen
Dichter gehalten hatte, fand keine Worte, um die
Sonne herbeizurufen. Ich sagte zu ihr:
„Sonne! kriech aus deinem Loch, durchbrich den
Deckel, vertreib die Nebel, verschling die Nacht, lös
das Dunkel auf, zeig dich, zeig uns die Welt, zeig uns
der Welt, sprich, Sonne, kriech aus deinem Loch,
sprich, zeig, daß du bist, zeig, wer du bist!"
Das war zu ungeschickt. Ich warf Holz ins Feuer und
versuchte es in einem andern Ton.
„Komm doch heraus, wenn du kannst! Zeig dich,
wenn du es wagst! Doch du hast ja solche Angst vor
dem Dunkel, du krepierst vor Angst in deinem Loch,

du bist selbst ein kleines Loch in diesem schwarzen Himmel, arme alte Sonne, kleine runde Abwesenheit!"

Das wirkte auch nicht. Nachdem ich dem Feuer ein paar Bretter eines alten Schrankes vorgeworfen hatte, fing ich wieder an:

„Komm, Sonne, der Tisch ist für dich gedeckt. Alle Bäume, alle Gräser, alle Tiere und Menschen, alle Meere und Flüsse warten darauf, daß du sie mit deinen glühenden Armen ergreifst, daß du sie deinem unersättlichen Rachen einverleibst, Himmelsmund; komm, iß und trink, der Tisch ist gedeckt vom Osten bis zum Westen."

Von einem Erfolg konnte nicht die Rede sein. Bald ließ sich im ganzen Zimmer nichts Brennbares mehr auftreiben. Ich holte das Bettzeug vom Hängeboden und verheizte es nach und nach.

„Sonne, du, die Alleräteste, du, die Allerjüngste, du, die Allerweiseste und die Allerverrückteste, du, die du nie abnimmst, die nie gespalten ist, immer allein und dennoch als Ganzes in jedem lebendigen Auge enthalten, du, die Größte, die den Weltraum erfüllt, du, die Kleinste, die durch ein Nadelöhr geht, du, die Freieste, von nichts aufzuhalten, aber auch am stärksten ans Gesetz gebunden, du, die du gar nicht anders kannst, gleich mußt du aufgehen!"

Das klang meiner Meinung nach schon besser, aber es

war auch umsonst. Nicht lange, und ich mußte die Bücher verbrennen. Man macht sich keine Vorstellung, wie schwierig das ist. Bücher brennen überaus schlecht, überaus langsam, und machen mehr Asche als Feuer. Man muß sie im Feuer mit dem Ende des Schürhakens ein letztes Mal durchblättern, Seite für Seite, sonst würden sie oberflächlich verkohlen, erlöschen und die Flammen ersticken. Sie bilden dabei eine feste Aschenschicht, die man, fühllos gegenüber den geliebten Schriften, auseinanderharken muß, wenn man sie wieder zu Gesicht bekommt, weiße Druckbuchstaben auf schwarzen, brüchigen Blättern, die sich wellen und knisternd zerfallen.

4

Wenn man Bücher verbrennt, verschlägt es einem die Sprache. Und nach den Büchern brauchte ich sofort etwas anderes. Ich steige auf den Hängeboden, durchwühle jeden Winkel; nichts Brennbares. Ich klettere wieder hinunter, suche aufs neue, finde nichts. Verzweifelt mustere ich alles Vorhandene, mein Blick trifft nur auf Stein und Eisen – das Haus konnte ich ja schließlich nicht in Brand stecken. Und als ich entmutigt an mir herunterblickte, fiel mir etwas an mir selbst auf, was ich anderswo gesucht hatte – Stoff, Kleider, das brannte doch! Die Wäsche war ein Kinderspiel. Aber ein Jackett verheizt sich genauso mühsam wie ein Wörterbuch. Erst nur ein weißglühendes Pünktchen, dann Schlakken, die wie ein Ausschlag aufbrachen, vom Aussatz zerfressene, sich reckende Negerköpfe in dichtem, beißendem, von kleinen rußigen Luftballonen durchzogenen Rauch. Glücklicherweise war meine Kleidung nicht aus reiner Wolle, und der Kamin zog jetzt prächtig.

Als ich gerade meine Hose verbrannte, Faser für Faser, und dabei ununterbrochen mit dem Schürhaken stocherte, um die noch nicht angesengten Stellen des Stoffes den zaudernden Flammen anzubieten, fiel mir auf, daß das Feuer seltsam fahl wurde. Ein frischer Luftzug strich mir über die nackten Schultern. Milchiges Licht durchdrang die Schatten um mich herum. Ich harkte die Glut zusammen und bedeckte sie mit Asche, damit das Feuer noch etwas vorhielt. Als ich zum Fenster ging, sah ich fern in der erblauten Luft rosafarbene Wolkenbänke aufblühen, und plötzlich, dicht am Horizont, einen goldenen Punkt, eine kleine glühende Kuppe, die sich zu einem lauten, blendenden Schrei erhob.

5

Soll ich mich, da ich die Grenzen der Wahrschein-
lichkeit längst überschritten habe, aus der Affäre
ziehen, indem ich meinen Helden wecke und ihn sagen
lasse: Es war alles nur ein Traum? Das ist ein alter
Trick, auf den ich trotzdem nicht verzichten möchte.
Doch der Erzähler, der ihn anwendet, anerkennt im
allgemeinen die Konvention, der Traum sei Trug und
das Wachsein Wahrheit. Unter der Voraussetzung,
daß Traum und Wachsein sich aufeinander beziehen,
kann man diese Behauptung für das tagtägliche
Leben vielleicht akzeptieren; sie wird aber fragwürdig
in der Welt des Erzählers, weil in dieser die geschil-
derten Zustände selber erzählerische Kunstgriffe, also
etwas Erfundenes sind. Demnach müßte man die
Terminologie möglicherweise umkehren. Dann würden Sie, die Sie mir zuhören, und ich, der ich zu Ihnen
spreche, im Halbschlaf, in den uns meine Erzählung
versetzt hat, eine Traumkomödie aufführen. Und
wenn wir plötzlich erwachten? Was Sie angeht, so
weiß ich nicht, wo und wie Sie sich wiederfänden. Was
mich betrifft, würde diese ganze Geschichte vom
großen Besäufnis und den künstlichen Paradiesen in
den Tiefen des Schlafs versickern, und ich würde
splitternackt erwachen, Gefangener dieses Hauses
ohne Tür, das ausgerechnet jetzt, bei Sonnenaufgang,

wie ein ausfahrender Dampfer zu beben, zu rucken und wanken begann und mich hellwach, entsetzlich wach diesmal, in alle Ecken schaukelte.

6

Das Tageslicht und das starke Beben, von dem das Gebäude erschüttert wurde, veränderten alles. Wände und Fußböden wurden weich wie Wachs im Schmelztiegel, verformten sich, bildeten Rinnen, die sich zu biegsamen Rohren schlossen, aus denen zähe, lauwarme Flüssigkeiten sickerten. Ich rutschte aus und stolperte zwischen schlüpfrigen Massen herum, die sich bei jeder Berührung zusammenzogen, als hätte ich ihnen weh getan. Es herrschte schwüle Hitze, ich stürzte in Löcher voller Brackwasser, klammerte mich an Stielen fest, die sich durchbogen und in denen, das spürte ich, merkwürdig vertrautes Leben pulste.

Es kommt vor, daß in Augenblicken tödlicher Gefahr das Gefühl betäubt, der Sprachapparat gelähmt ist. Das von Wörtern und Angst befreite Denken funktioniert dann seinem eigenen Wissen, seiner eigenen Einsicht gemäß: kalt, logisch. So erging es mir. Ich merkte sofort, daß ich in die Kellergeschosse des Hauses geschlittert war. Da standen riesige Dampfkessel, Motoren, komplizierte Seil- und Hebelsysteme, alles aus weichem, in einer lauen, schmierigen Masse schwimmendem Material. Der Brennstoff wurde durch ein Rohr aus dem oberen Stockwerk zugeführt und von einer Zerkleinerungsmaschine zermahlen und durchgeseiht. Dieser Brei floß durch Apparate, die ihn reinigten und eine rote Flüssigkeit aus ihm destillierten. Im Zwischengeschoß saugte eine Pumpe diese Flüssigkeit an und preßte sie in die Kessel, wo sie verdampfte. Zu beiden Seiten der Pumpe fachte ein großer Blasebalg das Feuer an. Luft gelangte in die Blasebälge durch zwei Löcher, die weiter oben gebohrt worden waren, genau über dem Brennstoffloch.

Schließlich drang ich ins Oberstübchen vor. Es war eine Art Kommando- und Beobachtungsposten. Man konnte nur durch zwei in die Wand eingebaute Linsen, eine Art Fernglas, hinausblicken. Der Raum war voller Hebel, Knöpfe, Anzeige- und Aufnahmegeräte, die die Bewegungen des wandelnden Hauses lenken sollten.

Als ich versuchsweise an einem Schalter drehte, wurde meine Bleibe ruckartig erschüttert. Alles stieß gegeneinander. Ich zog an einer Schnur, da erfolgte ein heftiges Beben, dann ein brutaler Sturz, ein Aufschlagen, und alles schwankte. Ungerührt von meinem Tun, setzte ich meine Versuche geduldig fort.

Nach und nach begriff ich, welche Mechanismen man nicht auslösen durfte und welche man dauernd einschalten mußte, damit das Haus nicht einstürzte. Nur zu bald sah ich ein, daß das eine fast unmögliche Arbeit war, doch da tauchten zum Glück Gehilfen auf.

7

Es waren große, menschenähnliche Affen, die sich bis jetzt geduckt, unsichtbar und still in allen Winkeln versteckt hatten. Sie beobachteten mich, und einer von ihnen, der mir zugesehen hatte, wie ich drei- oder viermal den gleichen Handgriff machte, bedeutete mir, von nun an würde *er* das übernehmen. Auch die andern krochen allmählich aus ihren Schlupfwinkeln, ahmten meine Gebärden virtuos nach und übernahmen alle Funktionen, die die Ordnung in meinem Gebäude aufrechterhielten. Da ich von dieser Aufgabe entlastet war, nahm ich den Kommandoposten vor dem Fernglas neben den Beobachtungsgeräten ein. Mit meinen Affen stand ich durch ein Telefonnetz in Verbindung. Auf diese Weise lernte ich, sie einigermaßen zu dirigieren. Ich hatte aber alle Hände voll zu tun, denn oft nickte einer ein oder wollte etwas nach seinem Gusto machen, und ich mußte sie zurechtweisen.

Manchmal wurde ich auch durch eine jähe Erschütterung von meinem Sitz geschleudert, stürzte bis ins darunterliegende Stockwerk und richtete dort ein furchtbares Durcheinander an; Pumpe und Blasebälge arbeiteten dann plötzlich viel zu schnell –, ist nämlich die große Gefahr erst einmal gebannt, rächen sich die kaltgestellten Gefühle – so daß ich die größte Mühe hatte, mich wieder aufzurappeln.

Affen beizubringen, eine Maschinerie in Gang zu halten und zu bewegen, ist schwierig. Affen beizubringen, Antrieb und Reaktion der Maschine im Gleichgewicht zu halten, ist noch schwieriger. Affen beizubringen, das Vehikel zu lenken – daß mir das je gelingen könnte, wage ich noch gar nicht zu hoffen. Doch erst dann wäre ich ihr Herr und Meister, würde ich gehen, wohin ich wollte, ohne Bindungen, ohne Angst, ohne Illusionen; aber da verfalle ich wieder ins Spintisieren.

8

Schließlich hatte sich mein Haus auf zwei Pfeilern mit Gelenken sacht erhoben. Zwei große, im mittleren Stockwerk verankerte Waagebalken hielten es im Gleichgewicht. An deren Ende waren offenbar Zangen eingesetzt, die ganz verschiedenartig zu gebrauchen waren.

Vorsichtig versuchte ich, mein Haus in Gang zu bringen. Da ich nicht aus ihm heraus konnte, wollte ich mich nicht nur nach Art der Schnecke mit ihm zusammen fortbewegen, sondern wie ein Autofahrer mit seiner Hilfe. Ein Autofahrer hatte mir ja auch geschildert, wie er nach langem Fahren seinen Wagen schließlich als zu seinem Körper gehörig empfunden habe; durch einen Mitfahrer fühlte er sich zusätzlich belastet und er spürte auch den harten Kies unter den Reifen. Genau das gleiche geschah mir mit meiner wandelnden Bleibe. Wenn ich jetzt „ich" sage, so handelt es sich manchmal um das Haus, nicht um mich. Vielleicht sage ich in diesem Augenblick gar nichts, sondern es ist mein Haus, das sich mit Ihren Häusern unterhält; In diesem Fall müssen wir wieder auf das literarische Verfahren des Erwachens und die für uns so praktische illusorische Sprache zurückgreifen.

Ich brachte es schließlich fertig, mich auf meine Beine zu erheben, ich reckte mich, ging zögernd auf einen Spiegelschrank zu und betrachtete durch meine Augenöffnungen das Spiegelbild meines Vehikels. Alles in allem erblickte ich ein recht gutes Abbild meiner selbst.

9

Ich zog mich an und ging hinaus auf die Straße. Ich ging lange, wohin mich meine Füße gerade trugen. Wie schön die Welt war – bis auf die Menschen! Alles erfüllte stillschweigend jederzeit die ihm aufgetragene Tätigkeit. Das einzigartige Einzige verleugnete sich unausgesetzt, ohne sich zu verändern, denn unendlich viele Einheiten strömten wieder in ihm zusammen, der Fluß ging im Meer auf, das Meer in der Wolke, die Wolke im Regen, der Regen in Lebenskraft, die Lebenskraft in Korn, das Korn im Brot, das Brot im Menschen – aber hier ging's nicht mehr weiter, der Mensch betrachtete alles mit jener Verblüffung, jenem Mißvergnügen, das ihn von allen Lebewesen unseres Planeten unterscheidet. Von oben bis unten und von unten bis oben vollendete alles – den Menschen ausgenommen – den Kreislauf seiner Verwandlung. Ein Wirbel, der immer kompakter wurde, senkte sich auf die Erde herab, wo das träge Protoplasma mit seinen überschweren Molekülen nicht mehr weiter kam, kehrtmachte und gegen den Strom zu schwimmen begann, von der Mikrobe zur Zeder, vom Aufgußtierchen bis zum Elefanten. Und die Bewegung dieses Kreislaufs wäre seit unvordenklichen Zeiten vollkommen gewesen, hätte es nicht die Menschheit gegeben, die sich gegen die Verwandlung auflehnte und mühsam versuchte, in dem kleinen Krebsgeschwür, das sie im Universum darstellte, auf eigene Rechnung zu leben.

10

Als mir diese Gedanken durch den Kopf gingen und mich zugleich verwirrten und bestätigten, stand mir plötzlich der Alte gegenüber. Eigentlich war er gar nicht so alt, auch hieß er nicht Totochabo (das war ein Chippeway-Spitzname); er war ein ganz gewöhnlicher Mensch, nur wußte er etwas besser Bescheid als wir. Ich merkte, daß ich nach alter Gewohnheit in das Café gegangen war, wo er verkehrte und wo wir früher mit Philosophieren so viel Zeit verloren hatten.

Er schlug mir vor, einen Augenblick auf der Terrasse Platz zu nehmen, bestellte zwei Selters und sagte:

„Sie sehen nicht so aus, als hätten Sie sich von Ihrem Besäufnis schon erholt."

„Welchem Besäufnis?" fuhr ich auf.

Da er merkte, daß ich wirklich überrascht war, erzählte er mir, wie wir am vergangenen Tag in einer Kneipe in der Vorstadt zu mehreren ein sehr benetztes Bankett veranstaltet hatten; ich sei gegen Ende der Nacht so blau gewesen, daß man mich in einer Mansarde auf einen Strohsack gebettet habe und in der Annahme liegen ließ, ich würde den Heimweg schon finden, wenn ich meinen Rausch ausgeschlafen hätte. Dieser Bericht rief in meinem Gedächtnis ein gewisses Echo wach; offenbar hatte es damit seine Richtigkeit.

Dann brachte mich der Alte durch gezielte Fragen dazu, meine eigenen Erinnerungen an diese Nacht, das heißt das, was ich bisher aufgeschrieben habe, zu ordnen und zu erzählen. Und ich zog versuchsweise folgenden Schluß:

„Auf diese Weise habe ich eingesehen, daß wir Nichts und Abernichts und hoffnungslose Fälle sind. Wäre es nicht besser, sich gleich aufzuhängen?"

Er lachte und sagte:

„Was gibt es Tröstlicheres als die Feststellung, daß wir Nichts und Abernichts sind? Wenn wir umkehren, werden wir etwas sein. Ist es nicht ein großer Trost für die Raupe, wenn sie erfährt, daß sie nur eine Larve, daß ihr Zustand eines am Boden dahinkriechenden Verdauungskanals ein vorübergehender ist und daß sie nach ihrer tödlichen Abgeschiedenheit im Kokon als Schmetterling wiedergeboren wird – und zwar nicht in einem imaginären, von einer raupenhaften Trostphilosophie ausgetüftelten Paradies, sondern hier und jetzt, in diesem Garten, wo sie mühevoll ihr Kohlblatt mampft? Ja, Raupen sind wir, und unser Unglück ist, daß wir uns widernatürlich mit allen Kräften an diesen Zustand klammern, an unsere Raupenbegierden, an unsere Raupenleidenschaften, an unsere Raupenmetaphysik, an unsere Raupengesellschaften. Vielleicht sehen wir äußerlich für einen psychisch kurzsichtigen Beobachter wie Erwachsene aus; alles andere an uns verharrt im Larvenzustand. Nun, ich habe gute Gründe zu der Annahme (sonst bliebe einem in der Tat nichts übrig, als sich aufzuhängen), daß dem Menschen der Zustand des Erwachsenseins zugänglich ist, daß einige ihn erreicht und uns mitgeteilt haben, auf welchem Wege man soweit kommt. Was gibt es Tröstlicheres?"

11

„Einen Augenblick mal", wandte ich ein. „Ihre Theorie vom Raupenmenschen ist bestechend, wissenschaftlich aber – erlauben Sie mir diese Bemerkung – unhaltbar. Kennzeichnend für den Zustand des Erwachsenseins ist die Fähigkeit zur Fortpflanzung. Nun pflanzt sich der Mensch aber fort, und zwar nicht nur körperlich, sondern auch intellektuell, was wir ‚lehren' nennen. Also ist ein erwachsener Mensch wirklich ein erwachsenes Wesen."

Ich bildete mir ein, ich hätte eine schwache Stelle seiner Argumentation entdeckt, und da ich ihm gleichzeitig mit einem wissenschaftlichen Argument, einem formalen Syllogismus und einem Platon-Zitat kam, glaubte ich im Ernst, er sei am Ende. Aber ich verschaffte ihm nur einen mühelosen Triumph, denn er sagte:

„Soll man daraus den Schluß ziehen, daß ein Lehrer, der Familienvater ist, ein erwachsener Mensch sei? Möglich, möglich. Wissenschaftlich hingegen und auch sonst irren Sie sich. Man kennt Insektenlarven, die lebensfähige Eier legen, selbst wenn sie nicht befruchtet sind. Aber solche außergewöhnlichen Dinge will ich gar nicht erst erwähnen. Neben dem Menschen gibt es noch ein anderes Wesen, das den Zustand des Erwachsenseins unter natürlichen Bedingungen nie erreicht und sich trotzdem regelmäßig fortpflanzt. Es hat sich mit seinem embryonalen Zustand abgefunden und empfindet genauso wenig wie der Mensch das Bedürfnis, über ihn hinauszugelangen. Es ist die Larve einer Salamanderart, die in mexikanischen Pfützen und Teichen vorkommt; wir nennen sie in Anlehnung an ein einheimisches Wort Axolotl. Man wußte nicht genau, wo er zoologisch einzuordnen sei, bis man erlebte, daß sich ein Axolotl nach Einspritzung von Schilddrüsen-Extrakten in ein anderes Tier verwandelte, das vielleicht ohne einen solchen Eingriff jener menschlichen Neugier, die sich an allem vergreift, der sogenannten Naturwissenschaft, im Quartär nirgendwo im erwachsenen Zustand vorgekommen wäre.

Der Unterschied zwischen dem Axolotl und dem Menschen besteht darin, daß bei letzterem ein äußerer Eingriff, so notwendig er wäre, um die Metamorphose auszulösen, nicht ausreichte. Es wäre darüber hinaus notwendig und unabdingbar, daß der Mensch auf seine Verraupung verzichtete und seinen Reifungsprozeß selber vorantriebe. Wir würden dann eine viel tiefergreifende Verwandlung erleben als der Axolotl; nur die Veränderung der äußeren Erscheinung wäre unmerklicher, zumindest in den Augen unseres mit psychischer Kurzsichtigkeit geschlagenen Beobachters, während unsere Gesellschaftsformen dadurch völlig umgekrempelt würden.

Wenn das, was wir ‚Lehren‘ nennen, diese Verwandlung weder hervorrufen noch steuern kann, ist es nichts weiter als eine Unterweisung von Larve zu Larve. Übrigens hält man es für wahrscheinlich, daß die alten Axolotl-Larven den neugeborenen das Schwimmen und die Futtersuche beibringen.

Noch etwas: Wenn wir, wie Sie eben gesagt haben, alles verkehrt sehen beziehungsweise es uns verkehrt vorstellen, wäre es vielleicht empfehlenswert, sich aufzuhängen, aber dann doch an den Füßen, nicht wahr?“

12

Während er das sagte, hatten sich andere Stamm-
gäste eingefunden, die ihre Gesichter wie Reklame-
schilder mit schwerer Zunge vor sich hertrugen, und
Johannes Kakur, der sich seine Aggressivität trotz
allem bewahrt hatte, griff Totochabo an:

„Fie behaupten, daff wir auf dem Kopf herumfpa-
zieren und allef verkehrtherum fehen? Wie kommen
Fie dazu? Welchef ift Ihr Kriterium für einen Ort und
feine Kehrfeite? Antworten Fie, aber diefmal mit
einem konkreten Beifpiel, nicht mit Vergleichen und
vagen Analogien!"

Der Alte (lassen wir ihm diesen Titel) rief den Kellner
und ließ sich eine Morgenzeitung bringen. Er las
folgende Schlagzeile vor:

EIFERSUCHTSDRAMA. „ICH HABE SIE ZU SEHR
GELIEBT", ERKLÄRT DER MÖRDER, „DESHALB
HABE ICH SIE UMGEBRACHT"

und dann eine andere:

NACHDEM SIE IHREN GELIEBTEN MIT DEM
HAMMER ERSCHLAGEN HATTE, STÜRZTE SIE
SICH MIT IHREN BEIDEN KINDERN IN DEN
BRUNNEN.

„Für das gewählte Beispiel reicht das aus", sagte er. „Die Ursache dieser wechselseitigen, törichten und nutzlosen Zerstörung nennen wir ‚Liebe'. Andererseits finden wir, wenn wir das Gegenteil von Liebe, den sogenannten Haß bezeichnen wollen, kein einprägsameres oder intelligenteres Symbol als ‚wie Feuer und Wasser'; das ist für uns ein Bild zweier unerbittlicher Feinde. Indessen lebt eins durch das andere. Ohne Feuer wäre das Wasser auf Erden ein träger Eisklotz, ein Fels unter Felsen; ihm gingen alle Eigenschaften ab, die Flüssigkeiten haben, und es könnte nie Meer, Regen, Tau oder Blut aus ihm entstehen. Und ohne Wasser wäre das Feuer seit unvordenklichen Zeiten erloschen, da es seit unvordenklichen Zeiten alles verzehrt und verbrannt hätte; keine Flamme, kein Gestirn, kein Blitz und kein Blick würde aus ihm geboren. Bald sehen wir, wie Wasser das Feuer löscht, bald, wie Feuer das Wasser verdunstet; trotzdem nehmen wir das vollkommene Gleichgewicht nicht wahr, welches bewirkt, daß beider Existenz vom andern abhängig ist. Sehen wir eine Pflanze wachsen oder eine Wolke von einem Berg aufsteigen, bereiten wir unsere Nahrung zu oder lassen uns von Dampfmaschinen herumkutschieren, so machen wir uns nicht klar, daß wir die Ergebnisse ihrer unendlich fruchtbaren Liebe vor uns haben und sie uns zunutze machen. Wir sagen weiterhin: ‚die

169

sind wie Feuer und Wasser' und nennen Selbstmorde zu zweit und Verbrechen aus Leidenschaft ‚Liebe'.

Deshalb und auf Grund unzähliger anderer, ähnlicher Beispiele halte ich daran fest, daß wir uns alles verkehrt vorstellen. Und wenn ich das behaupte, bedeutet das, daß ich Hoffnung habe, aber selbst diese Hoffnung erscheint euch als Verzweiflung; dieses mein Vertrauen ins Vermögen des Menschen haltet ihr für Menschenhaß und Pessimismus. Seht, während ich das sage, höre ich diese Worte in meinem Kopf rauschen wie leere Muscheln. Und ihr wißt, ich gehöre nicht zu jenen, die Schneckenhäuser zum zweitenmal auftischen und sie statt mit Schneckenfleisch mit Kalbsleber füllen. Damit muß ich meine große Rede über die Macht der Wörter, die ich euch versprochen habe, beschließen, denn ich habe einiges zu tun, was dringlich ist."

Wir standen alle auf, denn jeder von uns hatte einiges zu tun, was dringlich war. Es gab mancherlei zu tun, wenn man das Leben nicht verpassen wollte.

Alphabetisches Register

(Die römischen Ziffern verweisen auf die Teile – I, II und III –, die arabischen Ziffern auf die Abschnitte jedes Teiles)

172

174

Inhalt